学生国学丛书新编

主编 王　宁
顾问 顾德希

韩愈文

庄　适
臧励龢　选注
王　诚　校订

2018年·北京

学生国学丛书新编

主　编：王　宁
顾　问：顾德希
编辑组：（按姓氏笔画排列，加*为特约编辑）

刘　葵*　　刘建梅　　刘德水*
李　节　　杨志刚*　　陈立今*
陈年年*　　陈彦昭*　　周玉秀*
周淑萍*　　赵学清*　　俞必睿
党怀兴*　　徐从权　　凌丽君*
郭　威　　黄御虎　　盛志武*
董婧宸*　　董媛媛　　魏　荣*
魏晓明

总序之一

王 宁

王云五、朱经农主编的《学生国学丛书》,是一套为中学生和社会普及层面阅读古代典籍所做的文言文选本。它隶属在王云五做总主编的《万有文库》之下,1926年开始陆续由商务印书馆出版。20世纪20年代开始策划时,计划出60种,后来逐渐增补,到1948年据说已经出版了90种;因为没有总目,我们现在搜集到的仅有71种。由于今天弘扬中华优秀传统文化和提高文言文阅读能力的社会需要,我们决定对这套丛书进行适应于现代的加工编辑,将它介绍给今天的读者。

在推介这套丛书的时候,我们保存了原编的主要面貌:选书与选篇基本不变,将原书绪言保留下来,每篇选文原注所选的注点,也作为这次新编的重要参考。这样做是为了尽量借鉴前贤的一些构思和作法,并保留当时文言文阅读水平的基本面貌，作为今天的参考。

《学生国学丛书》是本着商务印书馆"昌明教育，开启民智"的一贯宗旨编选的，阅读群体应当主要是当时的中学生。20年代的中学生阅读文言文的水平显然比今天高一些，因为那时阅读文言文的社会环境与现在不同，虽然白话文已经通行，但书信、公文、教科书和报刊中，都还保留了不少文言文。国文课的师资，很多也是在国学上有一些根柢的文士。在知识界和语文教育界，文言文阅读还不是什么难事。今天，文言文阅读水平既关系到继承和弘扬中华优秀传统文化的效能，又关系到现代社会总体人文素质的提高，应当达到什么程度最为合适？民国时期是可以作为一个基准线的。

《学生国学丛书》体现了20世纪之初一些爱国的出版家和教育家把中华优秀传统文化传承给下一代的情怀、理想和实干精神。他们策划这套丛书的宗旨和编则，可资借鉴的地方很多，他们的实践经验、教育精神和国学学养值得我们学习的地方也很多。这一点，是我们了解了丛书的主编和40多位编选者的情况后感受到的。

丛书的主编王云五、朱经农，都是我国20世纪初爱国、革新的出版家。王云五主编《万有文库》，开创了我国图书出版平民化的新纪元，体现了新文化运动中普及文化教育的先进思想。《学生国学丛书》是《万有文库》

总序之一

里专门为中学生编选的,目的是将弘扬民族文化精华的理念带入初等教育,这在当时不能不说是有远见的。两位主编不论在反对封建帝制的革命中,还是在民族危难的救国图强斗争中,都有可圈可点的事迹,值得钦佩。与两位主编合作的40多位编写者,多是辛亥革命的参与者和新文化运动的前沿人物。他们熟悉古代文典,对中国文化理解通透,领悟深刻,又有强烈的反封建意识;其中很多都在中小学教育领域里有过丰富的实践经验,教过国文,编过教材,研究过教法。这里有我们十分熟悉的教育家和文学家,如我国现代教育特别是语文教育的领军人物叶绍钧(他后来的名字是叶圣陶),新文化运动的先驱者、中国革命文艺的奠基人之一、著名作家茅盾(他当时的名字是沈德鸿,后来为大家熟悉的姓名是沈雁冰)。这两位,多篇作品都被收入中学语文课本,20世纪50年代以后的老师、同学是无人不知的。其他如著作丰厚、名震一时的藏书家胡怀琛,国学根柢深厚、考据功底极深、《中国人名大辞典》《中国古今地名大辞典》的主要编写人臧励龢,我国语文教育的改革家庄适等。

20世纪初的中国社会,多种文化思潮纷纭杂沓:改良主义者提出"师夷制夷""严祛新旧之名,浑融中外之迹"的折中主张;历史虚无主义者在"全盘西化"的徽帜下将西方的一切甚至文化垃圾照单全收;殖民主义文化论者叫嚣中国道德一律低级粗浅，鼓吹欧洲人生活方式总体文明高超；另一方面，封建复辟野心家的代言人则一味复古，用古代的文化糟粕来抵抗新文化的建构。这些，都对比出爱国的出版家、学问家、教育家既要固本又要创新的理想和实践精神的可贵；也让我们认识了新文化运动及革命文学的前沿人物坚守教育阵地的不懈努力，懂得了他们的编纂意图和深厚学养。保留丛书主要面貌，就是对他们成果的尊重和信任。

随着中华优秀传统文化的广泛传播，随着中小学语文教学改革的深入发展，在读书成为教师、家长和渴求文化的大众普遍要求之时，文言文阅读将会是其中一个重要的内容。有人说，文言只是一种古代的书面语，口语交际和现代文本已经不再使用，我们为什么还要学习文言文呢？在推介这套丛书的时候，我们有必要来回答这个问题。

文言是古代知识分子和正统教育使用的书面语言，具有超越时代、超越方言的特性，因而也同时具有了记载数千年中华民族灿烂文化的主要功能，它是与中华民族文明史共存的。许慎《说文解字叙》说汉字的作用是"前人所以垂后，后人所以识古"，这两句话即是对汉字记录的文言说的。我国历史悠久，文化遗产丰富，用文言记录的历史文献，用文言撰写的文学作品，多到不可计数，只有学习它，才能从古知今，以史为鉴。文言所记录的,不仅是古代社会的典章制度和政治经济,还有先贤哲人的人生经验和思想哲理,让我们看到中华民族一代又一代人的智慧。想想看,如果我们及早领会了古人"斧斤以时入山林"的采伐规则,便不会过度开发建材,造成那么多秃山荒岭,把气候搞得这样糟糕。当我们读过也理解了"今之孝者是谓能养。至于犬马,皆能有养。不敬,何以别乎"这段话,就会在对待长者时,把他们的尊严看得和他们的生计同等甚至更加重要!如果"防民之口甚于防川""水能载舟亦能覆舟"的体验真能引起各级掌权者的畏惧,阻塞言路的危害也许可以有所减轻。在道德重建的今天,中国传统道德中"己所不欲勿施于人"的利他主义,"爱民""富民""民为重"的民本思想,"以不贪为宝"的清廉品德,"志士不忘在沟壑,勇士不忘丧其元"的大义凛然态度,"吾日三省吾身"的自律精神,"君子怀刑"的守法意识,……这些,即使在今天的一般阅读中,也已经深入人心。可以想见,进入深度阅读后,我们一定会受到更多的启迪,在阅读中产生更多的惊喜。著名的国学大师、革命家和思想家章太炎,1905年7月15日在东京留学生欢迎会上演讲时说:"近来有一种欧化主义的人,总说中国人比西洋人所差甚远,所以自甘暴弃,说中国必定灭亡,黄种必定剿灭。因为他不晓得中国的长处,见得别无可爱,就把爱国爱种的心日衰薄一日。若他晓得,我想就是全无心肝的人,那爱国爱种的心,必定风发泉涌,不可遏抑的。"阅读文言文,就是要使我们具有这种文化自信。是的,遗产是有精华也有糟粕的,古代的未必都适合今天;我们只有真正读懂文典,将历史面貌还原,再有了正确的价值观,才能辨析断识,而不是道听途说,更不会受人蛊惑。在这个意义上,文言文阅读作为吸收中华优秀传统文化的必要途径,绝不是可有可无的。

文言文阅读是产生汉语正确语感的一个重要源泉。汉语不是一潭死水,从古到今,不知吸收了多少其他民族的词汇和句法,也曾经夹杂着很多不雅甚至不洁的成分;但是,文言经过数千年的洗涤、锤炼,已经渐渐将切合者融入,不切合者抛弃。经过大浪淘沙、优胜劣汰而能流传至今的美文巨制,会更加显现汉语的特点。而现代汉语刚刚一个世纪,在根柢不深、修养不佳的人们的口语里、文辞中,常常会受外语特别是英语的影响,受不健康的市井俚语的侵染,产出一种杂糅的语言。我们想在运用现代汉语时真正体现出汉语的特点,比如词汇丰富、句短意深、注重韵律、构造灵活等,提高用健康、优美的汉语表达正确、深刻的思想的能力,文言会带给我们一些天然的汉语语感。热爱自己的本国语言,不断提高运用汉字汉语的能力,这是每一个人文化素养中最重要的表现；克服语言西化、杂糅的最好办法，是在学习规范、优美的现代汉语的同时，对文言也有深入的感受和体验。

文言文阅读还是从根本上理解现代汉语的重要条件。人们都认为现代汉语与文言差别很大，初读时甚至感到疏离隔膜、难以逾越。其实，汉语是一种词根语，词汇和语义的传衍非常直接，文言中百分之七十的词汇、词义，在现代汉语的构词法里都能找到。在书面语里，文言单音词的构词能量有时会比口语词更强。经过辗转引用积淀了深厚文化底蕴的典故、成语，成为使用汉语可以撷取的丰富宝库。如果我们对文言一无所知，是很难深入理解现代汉语的。有些人认为，在语文教学中现代文阅读和文言文阅读是两条线，其实，在词汇积累层面上，应该把它们并成一条线。学习文言与学习现代汉语，在积累词汇、理解意义、体验文化、形成语感方面是相辅相成的。

在推介《学生国学丛书》的时候，我们也有另外一重考虑。这套丛书毕竟经过了将近一个世纪，时代和社会都发生了根本的变化，我们有了更加明确的核心价值观和适应于现代的审美意识，语言、文字、文学、文献、教育都有了更新的研究成果，对丛书进行适度的改编，也是绝对必要的。所以，这次新编，我们主要做了五项工作：第一，为了今天在校学生和普通读者阅读的方便，改竖排为横排，标点符号也随之改为现代横排的规范样式。第二，变繁体字为简化字，在繁简转换的过程中，对在文言文语境中有可能产生意义混淆的用字，做了合理的处理。第三，采用今天所见较好的古籍版本对原书的选文进行了审校，订正了文句的错、讹、脱、衍。第四，对原书的注释进行了修改、加工、调整，使注释更加准确、易懂，对地名和名物词的解释，也补充了最新的资料。第五，撰写了新编导言，放在原书绪言的前面。原编者和新编者对同一部书和同一篇文的看法，或所见略同，或相辅相成，或角度各异，或存在分歧，都能促进阅读者的思考和讨论，引发延展性学习，带动更多篇目和整本书的阅读。

《学生国学丛书》本来是一套开放的丛书，我们还会根据教学和读者的需要，补充一些当时没有被选入的优秀古代典籍的选本，使新编的丛书不断丰富。

我国每年有将近两亿的青少年步入基础教育，一个孩子有不止一位家长，这是一个多么庞大的读书群体。将一个世纪以前的《学生国学丛书》通过新编激活，让它走进一个新的时代，更好地发挥它在语文教育和弘扬我国优秀传统文化中的作用，这是我们之所愿，也希望能使编写这套书的前辈们夙愿得偿。

总序之二
——植入健康的文化基因

顾德希

优秀的传统文化是中国人的精神家园。学生多读些国学典籍，将有助于把优秀传统文化的基因植入肌体。王宁老师的"总序"，对本丛书的这一编辑意图已有深入全面的阐释，我打算就如何阅读这套丛书，或者说如何阅读文言文，做些补充性说明。

这套丛书的每一本，都专门写了新编导言。这是今日读者和原书连接的桥梁。人们常把桥梁喻为过河的"方法"，所以也可以说，新编导言之所谓"导"，就是力图为各类学生和更多读者提供一些阅读的方法。

这套丛书有好几十本，都是极有价值又有相当难度的国学经典，如不讲究阅读方法，编辑意图的实现会大打折扣。但这些经典差异性很大，《楚辞》和《庄子》的阅读肯定很不同，《国语》和《周姜词》的阅读方法差别就更大，即使同是词，读《苏辛词》与《周姜词》也不宜用完全相同的方法。因此本丛书新编导言所提供的阅读方法，针对性很强，因书而异。但异中有同，某些共性的方法甚至更为重要。不过，这些共性的方法渗透在每一篇导言中，未必能引起足够重视。下面，我想谈谈文言文阅读的四个具有共性的方法。

一、了解作者和相关背景，了解每本书的概貌，对每本书的阅读都很重要，这毋庸置疑。但一般读者了解这类相关知识，目的仅在于走近这本书。因而涉及作者、背景、概貌等，导言中一般不罗列专业性强的知识，而诉诸比较精要的常识性叙述。比如对《吕氏春秋》作者吕不韦，并没有全面介绍，也没有像过去那样从伦理道德上对这个历史人物加以贬抑，而只侧重叙述了他作为政治家的特点，因为明乎此便很有助于了解《吕氏春秋》。又如《世说新语》的成书背景有其特殊性，也需要了解，但限于篇幅，叙述的浓缩度很大。凡此种种必要的常识，新编导言里一般是点到为止，只要细心些，便不难从中获得多少不等的启发。兴趣浓厚者，查找相关知识也很容易。

二、借助注解疏通文本大意之后，就要反复诵读。某些陌生的词句，更要反复诵读。一句话即使反复诵读二十遍也用不了两三分钟,但这两三分钟却非常重要。

"诵读"是出声音的读,但并不是朗诵。大家所熟悉的现代文朗诵,不完全适用于文言诗文。朗诵往往是读给别人听,诵读却是读给自己听。古人所谓"吟咏",是适合于当时人自己感悟的一种诵读。今天的诵读,用普通话即可,节奏、抑扬、强弱、缓急,都无客观规定性,可随自己的感受适当处理。如果阅读文言文而忽略了诵读,效果至少打一个对折。不念出声音的默读,是只借助视觉器官去感知;出声音的诵读,是把视觉、听觉都动员起来的感知,其所"感"之强弱不言而喻。而且一旦读出声音,就让声带、口腔等诸多器官的运动参与进来了,凡诉诸运动器官的记忆,最容易长久。会骑车的人,多年不骑,一登上车还是会骑。因为骑车的感觉是一种运动记忆。文言语感的牢固形成与此类似。古人所谓"心到、眼到、口到"之说,实在是高效形成文言语感的极好方法。不管是成篇诵读,片段诵读,还是陌生词句的反复诵读,都是提升文言文阅读能力的好办法。本丛书的每一篇新编导言并未反复强调"诵读",但各种阅读建议无不与某些片段的反复读相关。既读,就要"诵",这是文言文阅读的根本方法。

三、应用。这是与文言翻译相对而言的。把文言文阅读的重点放在"翻译"上,副作用很多。一是不可避免信息的丢失。概念意义、情味意蕴，都会丢失。课堂教学中让学生把一篇文言文从头到尾"对号入座"地搞翻译，是文言教学中的无奈之举。一句一句，斤斤计较于文言句法词法和现代汉语的异同，结果学生的诵读时间没有了，刻意去记的往往是别别扭扭的"译文"，而精彩的原文反倒印象模糊，这不是买椟还珠吗！所以，在疏通大意、反复诵读的同时，一定要重视"应用"。应用，就是把某些文言词句直接"拿来"，用在自己的话语当中。比如，在复述大意时，在谈阅读感受理解时，不妨直接援引几句原话。如果能把原文中的某些语句就像说自己的话一样，自然而然地穿插到自己的述说中，那就是极好的应用。本丛书新编导言中援引原作并有所点评、有所串释、有所生发之处很多，但绝不搞对号入座的翻译，这不妨看作文言文阅读方法的一种示范。新编导言中有很多建议，要求结合作品谈个什么问题，探究个什么问题，都不同程度地含有这种"应用"的要求。

四、坚持自学。这套丛书，为学生自学文言文敞开了大门。学生文言文阅读的状况永远会参差不齐。同一个班的高中生，有的已把《资治通鉴》读过一遍，有的能写出相当顺畅的文言文，但也有的却把"过秦论"读成"过奏论"，这是常态。只靠面对几十个人的文言课堂讲授，几乎不可能使之迅速均衡起来。只有积极倡导自主性学习，才可能有效提高教学质量。本丛书的新编导言，高度重视对文言自学的引导。每篇新编导言都就怎样去读提出许多建议。这些建议有难有易，不是要求每一个人全都照着去做。能飞的飞，能跑的跑，快走不了的慢走也很好。新编导言在"导"的问题上，从不同层次上提出不同建议，相信各类学生都能找到适合自己的要求。只要选择适合自己或者自己感兴趣的要求，坚持不懈去"读"，去"用"，文言文的自学一定会出现令人惊喜的成果。从这个意义上说，本丛书的每一本，都是适合于各类读者自学国学经典的好读本。每一本中经过精心处理的注解，是自学的好帮手；而每一篇新编导言，又都可对自学起到切实的引导作用。只要方法对，策略恰当，那么这套丛书肯定能帮助我们有效提高文言文阅读水平。

目前，在深化高中语文课改的大背景下，很多学校高度重视突破过去那种一篇篇细讲课文的单一教学模式，开始重视"任务群"的学习，重视整本书的阅读，重视选修课的开设，重视校本课程的建设。在这样的大背景下，如果学校打算从本丛书中选用几本当作加强国学教育的校本教材，那么"新编导言"对使用这本书的教师来说，也可起到某种"桥梁"作用。

不管用一本什么书来组织学生学习，都必须对学生怎样读这本书有恰当引导。这是提高教学质量的一定不移之理。恰当的引导，要有助于各类学生更好地进入这本书的阅读，要有助于各类学生更好地开展自主性学习，要使之在文本阅读中进行有益的探究，并获得成功的喜悦。为了使新编导言的"导"能起到这样的作用，本丛书专门组织了多位一线优秀教师先期进入阅读，并把成功教学经验融入新编导言。因此，我们有理由相信，新编导言可以成为组织学生学习活动的有益借鉴。导言中结合具体作品对阅读所做的那些启发、引导，针对不同水平读者分层提出的那些建议，都将有助于教师结合自己学生的实际情况进一步拟出付诸实施的具体导学方案。

  我相信，只要阅读文言文的方法恰当，只要各类读者从实际情况出发，循序渐进地学，优秀传统文化的基因就一定能更好地植入肌体。

目 录

新编导言 1

原书绪言 9

杂著

原道 25

原性 31

原毁 34

对禹问 37

杂说二首 39

读《荀》 41

读《仪礼》 43

获麟解 43

师说 44

进学解 46

五箴 52

讳辩	55
讼风伯	57
张中丞传后叙	59

颂赞

伯夷颂	65
子产不毁乡校颂	67
后汉三贤赞	68

传记

圬者王承福传	71
燕喜亭记	74
画记	77
蓝田县丞厅壁记	80

书

与孟东野书	83
答窦秀才书	85
答尉迟生书	86
答崔立之书	87

答李翊书 ……………………………… *91*

与崔群书 ……………………………… *94*

与陈给事书 …………………………… *98*

与冯宿论文书 ………………………… *100*

应科目时与人书 ……………………… *101*

答刘正夫书 …………………………… *103*

答陈商书 ……………………………… *105*

与孟尚书书 …………………………… *106*

答吕毉山人书 ………………………… *110*

与鄂州柳中丞书 ……………………… *111*

又一首 ………………………………… *113*

序

送孟东野序 …………………………… *116*

送窦从事序 …………………………… *119*

送李愿归盘谷序 ……………………… *120*

送董邵南序 …………………………… *123*

赠崔复州序 …………………………… *124*

送廖道士序 …………………………… *125*

送王秀才序 …………………………… *127*

送王秀才序 *128*

送幽州李端公序 *130*

送区册序 *132*

送高闲上人序 *133*

送杨少尹序 *135*

送温处士赴河阳军序 *137*

送郑尚书序 *139*

哀辞祭文

欧阳生哀辞 *143*

独孤申叔哀辞 *146*

祭田横墓文 *147*

祭郴州李使君文 *149*

祭河南张员外文 *151*

祭柳子厚文 *156*

祭侯主簿文 *157*

祭郑夫人文 *158*

祭十二郎文 *160*

潮州祭神文 *164*

碑

平淮西碑 *166*

南海神庙碑 *175*

柳州罗池庙碑 *179*

墓志

司徒兼侍中中书令赠太尉许国公神道碑铭 *183*

李元宾墓铭 *191*

唐朝散大夫赠司勋员外郎孔君墓志铭 *192*

试大理评事王君墓志铭 *195*

柳子厚墓志铭 *198*

唐故朝散大夫尚书库部郎中郑君墓志铭 *203*

殿中少监马君墓志 *206*

故幽州节度判官赠给事中清河张君墓志铭 *207*

杂文

毛颖传 *211*

送穷文 *215*

鳄鱼文 *218*

表状

　　论佛骨表 ·················· *221*
　　复仇状 ·················· *226*
　　与汝州卢郎中论荐侯喜状 ·················· *228*

新编导言

"文起八代之衰,而道济天下之溺,忠犯人主之怒,而勇夺三军之帅",这是苏东坡对韩愈的评价。韩愈是唐代古文运动的倡导者和领袖,读韩愈文,不可不对他的生平、思想和"古文运动"有所了解,这样,我们就不难明白东坡的评价,也更易于从韩文中读出较深的感受。

一

韩愈三岁父母双亡,一生经历坎坷。他虽天资过人,可在科名的阶梯上屡遭挫折,"四举于礼部乃一得,三选于吏部卒无成",直到32岁才通过铨选,任国子监四门博士,管官员子弟教育。后升监察御史,因上疏请免赋税,为幸臣所谗,贬阳山令。他50岁的时候,在平定淮西藩镇吴元济战役中有功,升刑部侍郎。而两年后因上《论佛骨表》,反对崇释礼佛,触怒唐宪宗，几乎被杀，后改贬潮州刺史。次年，穆宗即位，召回任国子祭酒，主管全国最高学府，又转兵部侍郎。时镇州乱起，他奉命冒危宣抚。又任吏部侍郎，但天不假年，57岁便去世了。

韩愈生于安史之乱结束后五年，唐王朝由盛而衰，内部进一步分化，藩镇专横，依旧无法无天，而王朝统治区内"国赋散于权门，王税不入天府"（《旧唐书·韦皋传》），"十分天下之财，而佛有七八"（《旧唐书·辛替否传》），佛教和道教势力蔓延，朝野上下佞佛崇道的风气盛行。苏轼说的天下之"溺"正是指这一背景。韩愈的"道"即儒家的"仁义道德"。韩愈竭力维护儒家正统，提出"道统"说，强调"斯吾所谓道也，非向所谓老与佛之道也"（《原道》），他高举儒家"道统"旗帜排斥佛、老，认为这才能防止恶劣风气破坏社会生产，使国家和百姓少受损失。

教育问题在韩愈思想中占重要位置。他重新阐释了人性，提出性情"三品"说。他认为，教育能使上品之性进一步发展；中品之性，教育可导之向上，否则可能向下；而下品之性，有教化则能受到约束。他承认人有七情，"情"的发动不可避免，但应该加以调节和控制。韩愈的性情"三品"说，反映了他对教育重要性的思考。韩愈认为，教育的目的是培养具备仁义道德、能担负治国理民重任的人才。韩愈对科举制度的弊端有切身体会，认为它阻碍了相当一部分有才干者的仕进，给国家带来很大损失。因此他以伯乐和千里马为喻，呼吁不拘一格地选拔和任用人才。他自己躬身力行，提携后进。当时学风日下，士大夫"耻学于师"。韩愈不顾流俗嘲讽，力图重振师道。"师者，所以传道受业解惑也"，是他的名言。他认为"师"是"道"的载体和传播者，而"道"是所以为"师"的唯一标准。因此"弟子不必不如师，师不必贤于弟子"。这些话，今天仍有启示作用。

韩愈毕生致力于弘扬儒学，但其最高成就在文学。他是杰出的散文家和诗人，我国文学史上"古文"的概念便是他提出的。韩愈倡导古文，始于他被铨选之前。他的"古文"和当时流行的"骈文"相对立。从魏晋到唐期，骈文一直盛行，也涌现过不少佳作。但这种文体，讲究排偶、辞藻、声律，形式要求远超过内容，而形式的僵化，严重妨碍思想表达。因此韩愈大声疾呼文体改革，主张学先秦两汉古朴、疏朗的散文来取代骈文。在韩愈之前，一些先驱者也做过这方面努力，但无显著成效，而韩愈倡导古文则获得巨大成功。如果说"道济天下之溺"多少还只能算是韩愈在政治上的理想，那么"文起八代之衰"则毫不夸张地道出了他的贡献。韩愈的古文运动，与他在政治上宣传儒家"道统"并不完全相同，是一种更广泛的思想文化运动。他的古文运动之所以获得成功，是因为客观上与安史之乱后恢复秩序的某种社会需求相适应，但是韩文的魅力和突出成就，则起了决定性作用。

韩文现存近400篇,包括论、说、传、记、颂、赞等各种体裁。庄适、臧励龢二位先生的这本《韩愈文》选了70余篇,皆为精粹;注释精当,略近古注但并不艰涩;原书绪言中逐文有所提示,对助读不乏提纲挈领作用。

二

韩愈是唐宋八大家之首。他的"古文"并非简单仿古,而是在内容和形式上都鲜明地有所创新。韩文表现了富有时代感的精神风貌,与实际需要紧密结合,应用范围广泛,能反映现实,揭露矛盾,作不平之鸣;在表达上,形象感强,善取譬设喻,综合运用叙事、说理、白描、抒情等方式,错综行文而流畅明快,形成雄奇奔放又富于变化的风格。韩文类型多样,很难一概而论,但具有恒久的魅力,却是公认的。

我们如注意以下问题,将有助于"读懂"韩文。

一是体会"浩乎沛然"的文气。韩文的许多篇章,内蕴沉郁曲折,情感真挚喷溢。试读《柳子厚墓志铭》中的一段:

> 今夫平居里巷相慕悦,酒食游戏相征逐,诩诩强笑语,以相取下,握手出肺肝相示,指天日涕泣,誓生死不相背负,真若可信,一旦临小利害,仅如毛发比,反眼若不相识,落陷阱,不一引手救,反挤之,又下石焉者,皆是也;……

这八十四字的长句一气呵成，把对世风浇薄、人情趋附的感慨表达得淋漓尽致。

这个文段很能说明所谓"文气"。韩愈的写作主张是"气盛言宜"，这一观点源于孟子的"养气"说。孟子长于论辩，行文气势丰沛，自言"善养吾浩然之气"，韩愈对此深有体悟。（通俗地说，这个"气"，可理解为"理直气壮"的"气"。）他把这个"气"譬之为"水"，把语言譬之为"浮物"，他说"气，水也；言，浮物也；水大而物之浮者大小毕浮""气盛则言之短长与声之高下者皆宜"（《答李翊书》）。他强调作家综合素养与语言表达的紧密关系。而所谓"浩乎沛然"的文气，则是渗透着韩愈个性修养的那种雄奇奔放之气。

这种气，在文中的表现各不相同。如《原毁》，通篇是堂堂正气，对腐败"关系学"的鞭笞入骨三分，愤慨之情溢于言表。如《送李愿归盘谷序》，对某些权贵人物肮脏内心世界的揭露绘声绘色，对不同面目者的讥刺意味深长，而结尾的渲染，余音袅袅。如《祭十二郎文》则是一片哀情，若断若续，赤诚感人，力透纸背。韩文的魅力，一定要通过"熟读"来体会。

二是体会表现手法。韩文的艺术手法每每引人入胜。他有时用假托方式、戏谑口吻，甚至怪诞设譬，委婉地表达对世事的看法和情感。如《应科目时与人书》（又名《与韦舍人书》),是封求荐信,希望在位者推荐自己。信一开头就讲一个非凡的怪物,说它在水中能变化风雨、上下于天,但如今遇水干涸,无法施展本领,反为獱獭所笑。有力者若想帮它只是举手之劳,但它不肯俯首帖耳、摇尾乞怜,因而旁人对它熟视无睹、任其生死。作者以此自况,含蓄地表明了自己的处境和期盼。不难看出这一形象脱胎于《庄子》的"涸辙之鱼",也多少有《逍遥游》中"鲲鹏"的影子,而它宁烂死于沙泥,则又令人想到庄子用以自比的"宁生而曳尾涂中"的神龟。如果说韩愈在思想上受《孟子》论辩的影响很深,那么在表现手法上则汲取了《庄子》的丰富营养。庄子文章,汪洋恣肆,恢恑憰怪,韩愈借鉴其艺术手段,驰骋想象,创作了不少"寓庄于谐"的作品。《毛颖传》是很典型的一篇。该文通篇是寓言,将毛笔拟人化,妙趣横生,谐谑中带讥刺,深得庄子寓言神髓。不过,这篇文章的笔法,又明显脱胎于《史记》的传记文。

三是体会灵活多变的行文技巧。韩愈的笔法大多渊源有自,读者有兴趣可进行比照。如《平淮西碑》,仿《尚书》和《诗经》中的《雅》《颂》,句奇语重,古意盎然,李商隐谓之"点窜《尧典》《舜典》字,涂改《清庙》《生民》诗"。如《画记》记述一幅人物众多、场面壮阔的田猎画卷,笔法则由《尚书·顾命》《周礼·考工记》等脱化而来,看似平淡却独出匠心。当然,在叙事上对韩愈影响最大的还是《史记》,他的许多篇章实不让《史记》，前人对此颇多称誉。如说《圬者王承福传》颇有《伯夷传》之风，对《张中丞传后叙》表现英雄人物的笔法尤多称道。有心的读者，如对太史公笔法有些感受，便更能体会韩文叙事的精妙。

韩愈从传统中广泛汲取思想资源、表现形式、艺术形象和创意，这种"细大不捐"的继承和借鉴，造就了韩文的变化多端、不拘一格，难怪清人刘熙载称"韩文起八代之衰，实集八代之成"，而韩愈又善于创新，因此韩文常给人以异军突起的新奇之感。

读韩文，还应注意文辞语句。韩愈是语言巨匠，主张"惟陈言之务去"，说明他在语言上的不懈追求。他所创造的一大批精炼语句已演化为成语，至今仍有巨大生命力，如"坐井观天""落井下石""语焉不详""大醇小疵""业精于勤""行成于思""贪多务得""异曲同工""含英咀华""动辄得咎""佶屈聱牙""蝇营狗苟""垂头丧气""虚张声势""不平则鸣"等等。几乎每篇韩文都有新颖独到、极富表现力的文句。

韩文的魅力不一而足。它会使读者或激昂、或悲怆、或感奋、或怅然、或欢欣、或扼腕、或会心一笑、或思绪万千。总之，这座"富矿"会让有心者满载而归。

原书绪言

一 韩愈略传

韩愈，字退之，先世自后魏时居昌黎，遂为昌黎人。父仲卿，生三子，长会，次介，次即愈也。生三岁而孤，嫂郑鞠之。比长，尽通六经百家学，擢进士第。董晋为宣武节度使，署观察推官。晋卒，徐州节度使张建封辟为府推官。调四门博士。迁监察御史。上疏极论宫市，德宗怒，贬阳山令。改江陵法曹参军。元和初，复为博士，分司东都。累迁职方员外郎。坐事，复为博士。才高数黜，官又下迁，作《进学解》以自解；执政奇其才，改比部郎中。累迁中书舍人。宪宗将平淮西，命裴度往宣慰，度奏愈为行军司马；愈请乘遽先入汴说韩弘，使协力。淮西平，迁刑部侍郎。宪宗迎佛骨入禁中，愈上表力谏，贬潮州刺史。寻改袁州。召拜国子祭酒。转兵部侍郎。镇州乱，杀田弘正而立王廷凑，诏愈宣抚。归，转吏部侍郎。长庆四年，卒，年五十七。赠礼部尚书，谥曰文。愈性明锐，不诡随。与人交，终始不少变。成就后进士，往往知名。当时文章承六朝之后，尚骈俪，病纤弱，愈以六经之文为倡，粹然一出于正，成一家言。愈没，门人陇西李汉辑其文为四十一卷，题为"昌黎先生集"，传于世。

二 韩愈文评

人之称韩愈者不一：李汉曰："先生于文，摧陷廓清之功，比于武事，可为雄伟不常者矣！"宋景文曰："韩吏部卓然不丐于古，而一出诸己。"苏明允曰："韩子之文，如长江大河，浑浩流转，鱼鼋蛟龙，万怪遑惑，而抑绝蔽掩，不使自露。"秦少游曰："钩庄列之微，挟苏张之辨，摭迁固之实，猎屈宋之英，本之以诗书，折之以孔氏，此成体之文，如韩愈之所作是也。"苏子瞻曰："文起八代之衰。"大都对于愈文，备致推崇。要之愈创作古文之功，自不可掩，然其文承骈俪之后，字句仍多难于索解者，盖犹未能纯反乎古也。朱晦庵曰："汉末以后，只做属对文字，直至后来只管弱，至韩文公出来，尽扫去了，方做成古文，然亦只做得未属对合偶以前体格，……其文亦变不尽。"斯言甚允。又愈处境困厄，其文常为金钱所驱使，故多与事实不符者：如韩弘神道碑，所言与史正相反；殿中少监马继祖，仅一纨绔儿，愈亦为之作传等皆是。刘义持愈金数斤去，曰："此谀墓中人得耳，不若与刘君为寿。"愈不能止也。

虽然，就文论文，愈在八大家中，洵当首屈一指，此则尽人所认，而不能稍异议者。其杂著诸篇，多类诸子；与人书，因人而施，赠送序，随事变化，尤其绝技。各类文皆有特长。用字造句构局，篇各不同。就性质言，如《原道》《与孟尚书书》《论佛骨表》为辟佛；《答李翊书》《与冯宿论文书》为论文；《送孟东野序》为论道德；《送李愿归盘谷序》为愤时疾俗；《蓝田县丞厅壁记》为谐谑；《毛颖传》为寓言；《张中丞传后叙》为传后补遗。又有出于模仿者，如《进学解》，系仿东方朔《答客难》、扬雄《解嘲》；《送穷文》系仿扬雄《逐贫》。综论昌黎全集，大率以雄奇胜；而《画记》又极生峭，《平淮西碑》又极庄严典重，《送董邵南序》《送王秀才序》又极深微曲折，《原道》《原性》等又极沉实朴老，《祭郑夫人文》《祭十二郎文》又极悲哀激楚。至若铭志之文，本以叙事及褒美为主，然亦各篇互异：专叙一事者，如《赠司勋员外郎孔君墓志》《清河张君墓志》；兼寓褒贬者，如《柳子厚墓志铭》；第叙经历一无褒贬者，如《李元宾墓铭》：每一篇各有意境，各有结构，绝不信手挥洒，可谓无调不变，无格不奇，无美不备！林琴南谓"昌黎下笔之先，必唾弃无数不应言与言之似是而非者，则神志已空定如山岳，然后随其所出，移步换形，只在此山之中，而幽窈曲折，使入者迷惘，而按之实理，又在在具有主脑，用正眼藏施其神通以怖人，人又安从识者！"是诚能窥见韩文奥突者矣！学愈者能息心静气，熟读深思，则一切篱藩之障碍，流滑之口吻，皆可扫除净尽。

三 韩愈文作法说明——以本编所选各文为限

韩愈才如渊海，文亦不泥一法，故其蹊径，每难探索，兹就本编所选，采录各家旧说，参以编者意见，逐篇写出，以备学者参考。

（一）杂著

杂著各篇，语极平易，其最著者为《五原》，本编只录其三。《原道》以道字作主，反复申明，畅其所蓄才止；篇中以孟轲距杨墨为说，隐然以孟子自比；又说轲之后失其传，隐然以道统自承。《原性》具万古独到之见，就孟轲、荀卿、扬雄三人之言，详为推阐；文词警策处，能使人首肯；征引赅博处，能使人坚信；语意多从《论语》"性相近也"句参出。《原毁》于当时恶薄人情，曲曲写出；大抵愈不见直于贞元之朝，时宰又不以为能，毁之者大有人在，故婉转叙述毁之所生，及见毁者之被累；沉吟反复，的是至文。

《对禹问》专是推广孟子之意；通篇用双不用单，且以重复蝉联见奇。

《杂说》本有四首，一四为比体，二三为兴体，本编录一四二首。第一首寄托极深，取类极广，以龙比臣，以云比君,说龙借云而神,即说臣得君而显。第四首专为怀才数奇者吐气,就马取喻;大意谓英雄豪杰,必遇知己,始得发展,否则终归湮没,谓天下无才,岂非冤甚。

《读荀》有尊孟抑荀意;荀子《非十二子》以子贡并仲尼,又言人之性恶,是愈所谓离于道者。

《读仪礼》大意以不及其时为恨;而文极抑扬咏叹之致。

《获麟解》为愈自方之辞,措词甚悲,若已绝望;以麟自况,语语牢骚,而语语占身分。

《师说》以"必有师"三字贯通篇;中间说触处皆师,无论长幼贵贱,在人自择,结处要李氏子能自得师,结出正意;然说师只说到解惑处,故有谓其不若扬雄"师者人之模范"之意为佳。

《进学解》大旨,不外以己所能,借他人口中代发,且代鸣不平,然后归到自己引圣贤之不遇为解;文不过一问一答,然亦庄亦谐,颇极狡狯。

《五箴》用意并深,表面是自戒,实亦有感而发。

《讳辩》专辟俗人之惑;前分经律典三段,后作设疑两可语,听人自择,另是一种文法。

《讼风伯》极深刻,极平允;旸乌之仁等句,推尊天子,归罪风伯,亦责备时宰之意。

《张中丞传后叙》仿史公传后论体,采遗事以补传中不足,故篇中所叙,如背诵《汉书》,记城中卒伍姓名等,皆传后补遗体裁；文夹叙夹议，亦深得史公笔法。

（二）颂赞

《伯夷颂》系愈有托而借以泄愤之文，非颂伯夷也；愈不过于贞元之朝，借伯夷发抒其感慨；愈文字每有言在此而意在彼者，此篇即其一例。

《子产不毁乡校颂》系讥时宰；开首说我思古人，结尾说有君无臣，明明可见。

《后汉三贤赞》乃学古乐府《雁门太守》等体；大意惟一高字；虽每篇不满百言，而叙事丝毫无遗漏。

（三）传记

《圬者王承福传》，前略叙一段，后略断数语，中间借自己立说，点成无限烟波；规世的意，极为切至。

《燕喜亭记》极绚烂，乃愈有意作此，为连州生色；亭名燕喜，有苦中作乐之意。

《画记》整齐奇变，最拙处即最巧处，极生峭却极易学；能举不相偶之事实对举成偶，尤为人所想不到；秦少游曰："序事该而不烦。"语甚切当。

《蓝田县丞厅壁记》，本记县丞厅壁，反说丞不得尽职，且极力写丞的可怜，可谓极诙谐游戏之能事。

（四）书

与书一体，愈变化极多，往往因人而变其词，或为请求，或为抒愤，或自明气节，或讲论道德，或解释文字，篇法各各不同；熟读不已，可悟无数法门。

《与孟东野书》，说东野抱道自高，不宜今世，明为道悲，偏说为东野悲，悲东野之道不行，即悲己道不行；将一道字寄东野身上，因东野而悲自己，分外见得亲密。

《答窦秀才书》，时愈贬阳山令，正满腹牢愁，无处发泄，而窦适于此时至县请粟，其问必无可采，其人不足与进，故应之如此。

《答尉迟生书》，通篇注重在古之道不足取信于今一语，而今字尤重；将贤公卿一笔抹倒，冷嘲热刺，是愈绝技。

《答崔立之书》，将有唐科举之学，骂得一钱不值，一腔愤懑之气，浮溢纸上。

《答李翊书》为愈论文杰作，生平全力所在，篇中从初学作文起，中间种种经历种种苦处，直到成功，分四段一一写出，非过来人不能道，非过来人亦不能领略；末段说终吾身而已矣，是愈牢骚本色。

《与崔群书》，极缠绵，极悱恻，愈与群相知甚深，故如此；是集中别调。

《与陈给事书》将见不见作七层写，上半篇从见说到不见,下半篇从不见说到要见,推详出许多情事;一路顿挫跌宕,笔笔入妙。

《与冯宿论文书》,虽为论文,实是牢骚;小惭小好,大惭大好,说得酸甜自得,非论文到极处,不能作是语。

《应科目时与人书》,劈空而来,就譬喻作起,不必有其事,亦不必有其理,却翻作无数曲折,的是奇文妙文。

《答刘正夫书》,以求是论文,议论中正之中,时时有奇气流露。

《答陈商书》,言为文必使一世人不好,不利于求,虽为劝商,亦为己写照。

《与孟尚书书》,翻覆变幻,为书中第一;以杨墨衬释老,以孟子自况,气盛言宜,所谓贬潮州后之文,当与《论佛骨表》并读。

《答吕醫山人书》,山人误认愈欲借宾客以自重,故将信陵执辔责愈,愈自明其意答之,说得与信陵局面心事,天地悬隔,纠正山人之狂狷,不没山人的质朴,是深情厚道之文。

《与鄂州柳中丞书》二篇,前篇激昂慷慨,是愤韩弘等不肯尽力,不仅是称美公绰;后一篇论淮西必败,可见愈留心时事,胸中早有成竹。

(五)序

以序赠人,始于唐初,愈集中赠序虽不若铭志之多,然亦不少，无一不有身世之慨，而结构无一相同；序非论，乃句句是论；造句敛，制局变，是愈最擅长者。

《送孟东野序》乃一篇慷慨悲歌之文字；谓形之声者多不得已，不得已中，又有善不善，所谓善者，又有幸不幸，只是从一鸣中发出许多议论；句法变换，凡二十九样，可谓格奇调变；但此等体仿效极难。

《送窦从事序》，中间着"是以人之之南海者，若东西州焉"一句，前后文俱好着笔；前称名，后称字，《左传》习用此法。

《送李愿归盘谷序》妙处，全在借李愿口中痛骂世人，表出一团傲睨之气，而与己丝毫无涉；至自己口气，只前数语写盘谷，后一歌咏盘谷，别是一格。东坡云："唐无文章，惟昌黎《送李愿归盘谷序》而已。"

《送董邵南序》，其下，或有"游河北"三字，河北自安史乱后，肃宗分河北地封叛将，直至唐亡，河北终不为王土，董生去河北，在当时亦是不得已，愈于董生之行，勉其决不可从贼；然董生既欲至河北，又无对董生当面骂贼之理，故借一古字说起，则今之不然可知，不必明说劝止，而劝止之意已见。

《赠崔复州序》，虽是送复州，却是讽于頔，自"县令不以言"以前，看似责备复州，然其意实不如此；此文章布局之法。

韩愈文

《送廖道士序》，通篇只是一气，无从画断；前幅从五岳出衡山，从衡山出岭，从岭出州，再落出道士；已经落到道士，忽又一笔漾开，文心狡狯已极；林琴南云："此文制局甚险，似泰西机器，悬数千万斤之巨椎于梁间，以铁绳作辘轳，可以疾上疾下，置表于质上，疾下其椎，椎及表面玻璃而止，分毫无损。"为此文写照其切。

《送王秀才序》，深微屈曲，与《送董邵南序》相似。

《送王秀才序》，推尊孟子，当与《原道》同读。

《送幽州李端公序》，是劝戒藩镇归朝，绝好叙事，见于议论中，绝大议论，寓于叙事中；篇中"国家失太平，于今六十年矣，夫十日十二子相配，数穷六十，其将复平，平必自幽州始"等语，盖自天宝十四年乙未安禄山①，至元和九年甲午，已甲子一终，文系元和四年二月以后所作，故如此说。

《送区册序》，区册盖南海一不知名之士，愈贬阳山，在烟瘴窈远之地，见文士来访，自不能不加以奖许；但文中一曰"若有志于其间也"，再曰"若能遗外声利，而不厌乎贫贱也"，用两若字，仍是未定之口吻，可见古人下笔自有分寸；篇中不在归字着意，只就来字作文，古人于题不拘如此。

---

① 校订者按：此处疑缺一"反"字，然核原书亦无，特备注阙疑。

《送高闲上人序》，愈略有褊心，实非正论，高闲善草书，愈恶释氏，故并其长而抑之，推重张旭，所以抑高闲，亦所以辟佛。

《送杨少尹序》，将二疏事并入巨源身上，在空中摩荡；将杨侯的去时，同二疏的去时，两两比较，似无甚高下，后却说到丞相爱惜，不绝其禄，又为歌诗劝行，则为二疏所无；末托慨世之词，写出杨侯归乡，可敬可爱；序事前后部署，大有工夫。

《送温处士赴河阳军序》，全篇无一句说到温生之贤，大概薄其轻出，故意含滑稽；然又含蓄不露，须细看才见。

《送郑尚书序》，文极岸异；全篇句法，无一处肯涉平易，无语不奇，无句不重；化《史记》而自为一家，是愈晚年文字。

（六）哀辞祭文

《欧阳生哀辞》，笔极奇崛，词极悱恻，意极恳挚；生眷妓而死，文中始终不肯说出，因是遗其父母，不能不稍用曲笔。

《独孤申叔哀辞》，一肚皮不合时宜，借问天发泄净尽，独孤身份，不抬自高。

《祭田横墓文》，叹田横之贤，正所以恧时宰之不能得士，一腔悲愤，言外可见。

《祭郴州李使君文》，前半言情，至结处始美其为政，诚为雄奇。

《祭河南张员外文》，综叙张署生平与己之交际，曲折详尽，语尤奇丽；繁处极意抒写，简处用缩笔伸缩，繁简无一处不得当。

《祭柳子厚文》，语极简，意极哀，文末叙及托孤，是真能不负死友者。

《祭侯主簿文》，开首"惟子文学"四句，说主簿文行，以下用许多我字，表出自己同主簿的交谊；文笔如珠走盘，绝无转动之迹。

《祭郑夫人文》，礼，嫂叔不通问，叔而祭嫂，似非古人所许；但愈早孤，郑夫人以长以教，自不能与寻常嫂叔相比；文极沉痛，然尚能作韵语。

《祭十二郎文》，至痛彻心，不能成声，错杂写来，只觉得一片哀音，缠绕笔下，不能以段落分，亦不能以普通文字之法绳之。

《潮州祭神文》，本是祈祷，而先责备自己，意本前人，而词独恳切。

（七）碑

《平淮西碑》，模范全出《尚书》，直是谟诰文字，具绝伟之力，泽以极古之文；身在兵间，闻见精确，无一句模糊影响语，岂是寻常人所能道其只字；李师道遣客刺裴度武元衡事，于文中补叙，亦极得法。

《南海神庙碑》，极古丽，其事实不过崇祀龙神，前刺史惮于渡海，孔公独致敬尽礼而已；一件寻常事，本不值如许张皇，愈具有绝大魄力，尽量扮演，遂成为有数文字。

《罗池庙碑》，颇为有识者所诟病，愈平日痛斥佛老，而此碑忽说出幽冥灵迹，故不免为时人所讥也；实则就文论文，佳处自不能没；幽峭颇近柳州。

（八）墓志

韩文铭志最多，谀墓之讥，实不能免；然文格各篇不同，有专叙一事者，有一无事实者，有褒贬兼施者，非有神力不及此。

《许国公神道碑铭》，为韩弘作；叙事极典重，极壮丽，但其中与正史事实，多有不符，即如篇中"我不知利害，知奉诏行事耳，若兵北过河，我即东兵以取曹"数语，语虽简单，而威棱肃然，严毅之气，令人不敢逼视，恐韩弘当日未必有此胆，亦未必能作此语；文分十六段，先递后总，层次一丝不乱；铭词尤在在寓用字之法。

《李元宾墓铭》，全篇寥寥百数十字，并无一字褒贬；志叙元宾之经历，虽则寻常意思，而出之于愈，即觉高古深奥；有人以"奇"字称此文，颇当。

《赠司勋员外郎孔君墓志铭》，通首只写一事，只有"君于为义"五句在事外，然亦只是虚写，此格极高。

《试大理评事王君墓志铭》，通篇只一奇字，人奇，遇奇，隐奇，得妻尤奇；笔致极澹宕。

《柳子厚墓志铭》，愈于子厚颇不满其为人，所以全篇无一句相知之语，带褒带贬，极难下笔；而此文胜人之处，即在此难下笔处。

《尚书库部郎中郑君墓志铭》，前实后虚，分作两截写，又是一格。

《殿中少监马君墓志》，羌无故实，几令人无可着笔，且继祖一纨绔儿，又有何可志，所以志之者，第为庄武王之关系耳，而愈之作此，又因韩弇为庄武王旧属之关系，借此渲染，使尢可着笔者，遂成一篇妙文；"眉眼如画"四句，不过作一点眼，盖此等形相，富贵人家子弟，多数如此，并无足奇，若专就此处着笔，即为笨伯。

《清河张君墓志铭》，通篇只叙一事，与孔戣志同体；后幅"君弟复"以下一段，仅带叙耳。

（九）杂文

《毛颖传》纯是寓言，《旧唐书》讥其戏谑不近人情，柳子厚独叹为极奇；前半直是一篇兔传，到"独取其髦"，始为毛颖伏案，至围毛氏族，拔毫载颖，聚族束缚，方是正文；以下叙尊宠，叙友朋，叙末路，结构与《史记》相近；所用之故实，无一事无来历，文中叙伐楚，次中山，中山并非伐楚所经，虽若不合，但本为寓言，正不必严加苛责也。

《送穷文》再问再答，描写穷态，穷形尽相，文本本于扬雄之《逐贫赋》，然文气较厚，语气亦较高亢；但因其出之模仿，总未能脱扬文窠臼，由此可见模仿之难。

《鳄鱼文》，表面为祭鳄鱼，实则归罪后王，文中"况潮，岭海之间，去京师万里哉"，即出脱鳄鱼，责后王弃地之意；然语气备极严正，故读者不能觉；或谓经愈此文一祭，鳄鱼即去潮入海，潮州自此无鳄鱼患，此乃故神其说，不足凭信。

（十）表状

《论佛骨表》，前半力言奉佛之无效，祸福之不关于佛，正所以破除宪宗迷信，中间稍为宪宗回护，后半言迎佛骨之非，仍为宪宗开脱，此乃专制时代，天威咫尺，不得不如此说；篇末痛斥佛为夷狄，以祸祟自任，尤得体。

《复仇状》通篇正意，是许人复仇，看他引《周官》，引《公羊传》，即可见；但不敢直言，故仍用骑墙之言收结。

《论荐侯喜状》，本系荐侯喜，乃先借侯喜见知于卢说起，说到正面，又先美卢，使人不得不动听，可谓荐书绝唱。

四　编例

韩文选本不一，本编所选，出入诸家，各体具备，皆为最精粹之文，学者即此以研求之，已甚足用。

本编注释，参考各家，惟正确是取；文之正意喻意，亦多注出。成语典故，务载篇名，以备查检。

韩文屡经名人是正，舛讹甚少，但伦次殊嫌凌乱，卢轩《韩笔酌蠡》，曾为重析门类，易置前后，本编亦师其意，略加区分，使归齐整。

韩集版本极多，本编所采用者，为江苏书局重刊本；各本与苏本不同之处，除重要而可据者一一注入，或径为改易外，余皆以苏本为准。

学问常与年俱进，愈贬潮州后，其文遂不烦绳削而自合；兹特于编末将所选如文制一创作年表，以觇古人渐进之学力。

臧励龢

一九二八年三月

杂著

原道①

博爱之谓仁,行而宜之之谓义②,由是而之焉之谓道③,足乎己无待于外之谓德④。仁与义为定名,道与德为虚位⑤,故道有君子小人,而德有凶有吉⑥。老子之小仁义⑦,非毁之也,其见者小也。坐井而观

---

① 原道,明道之所本。
② 义者,宜也。
③ 是,谓仁义。之,往。
④ 足乎己,仁义足乎己也。
⑤ 舍仁义无以成道德,故道德为虚,因仁义而实,佛老不知道德自仁义中出,欲专自虚无上做起,故揭此旨。
⑥ 道德而出于仁义者,则为君子之道及吉德,不出于仁义者,即为小人之道及凶德,凶德如盗贼藏奸,吉德如孝敬忠信。
⑦ 老子,姓李,名耳,字伯阳,谥曰聃,相传孕八十一岁而生,故称老子。小仁义,言以仁义为小也。

天,曰"天小"者,非天小也;彼以煦煦为仁①,孑孑为义②,其小之也则宜。其所谓道,道其所道,非吾所谓道也;其所谓德,德其所德,非吾所谓德也。凡吾所谓道德云者,合仁与义言之也,天下之公言也;老子之所谓道德云者,去仁与义言之也;一人之私言也。周道衰,孔子没,火于秦③,黄、老于汉④,佛于晋、魏、梁、隋之间⑤,其言道德仁义者,不入于杨⑥,则入于墨⑦;不入于老,则入于佛。入于彼,必出于此⑧。入者主之,出者奴之⑨;入者附之,出者污之⑩。噫!后之人其欲闻仁义道德之说,孰从而听之!老者曰⑪:"孔子,吾师之弟子也。"佛

---

① 煦煦,小惠。
② 孑孑,孤立。
③ 秦始皇从李斯言,烧《诗》《书》百家语。
④ 汉代好黄帝、老子之言。
⑤ 晋、魏、梁、隋佞佛,南以晋、梁括之,北以魏、隋括之。
⑥ 杨,杨朱,战国时人,倡为我之说,拔一毛而利天下,不为也。
⑦ 墨,墨翟,亦战国人,倡兼爱、尚同之说。
⑧ 言入于杨墨佛老者,必出离圣人之学。
⑨ 言入异端者,必以异端为主,而以圣人之学为奴。
⑩ 言入异端者,必附和其说,而以圣人之学为污也。
⑪ 老者,谓学老子者。

杂著

者曰①:"孔子,吾师之弟子也。"为孔子者②,习闻其说,乐其诞而自小也③,亦曰:"吾师亦尝云尔④。"不惟举之于其口,而又笔之于其书。噫!后之人虽欲闻仁义道德之说,其孰从而求之!甚矣,人之好怪也!不求其端,不讯其末⑤,惟怪之欲闻。

古之为民者四,今之为民者六⑥;古之教者处其一,今之教者处其三⑦。农之家一,而食粟之家六⑧;工之家一,而用器之家六;贾之家一,而资焉之家六⑨;奈之何民不穷且盗也!古之时,人之害多矣。有圣人者立,然后教之以相生养之道。为之君,为之师,驱其虫蛇禽兽而处之中土。寒,然后为之衣,饥,然后为之食;木处而颠⑩,土处而病也,然

---

① 佛者,谓学佛者。
② 为孔子者,谓学孔子者。
③ 诞,荒诞。
④ 言学孔子者亦曰吾亦尝言之如是。"尝"后或有"师之"二字。
⑤ 讯,问。
⑥ 古惟士、农、工、商四民,今加佛、老而为六。
⑦ 古惟一圣人之教,今加佛、老为三。
⑧ 六,士、农、工、商、佛、老。下同。
⑨ 资,赖以给也。
⑩ 颠,陨落。

后为之宫室,为之工以赡其器用①;为之贾以通其有无,为之医药,以济其夭死;为之葬埋祭祀,以长其恩爱;为之礼,以次其先后;为之乐,以宣其壹郁②;为之政,以率其怠③;为之刑,以锄其强梗。相欺也,为之符玺、斗斛、权衡以信之;相夺也,为之城郭、甲兵以守之。害至而为之备,患生而为之防。今其言曰:"圣人不死,大盗不止;剖斗折衡,而民不争④。"呜呼!其亦不思而已矣!如古之无圣人,人之类灭久矣,何也?无羽毛鳞介以居寒热也⑤,无爪牙以争食也。是故君者,出令者也;臣者,行君之令而致之民者也;民者,出粟米麻丝,作器皿、通货财,以事其上者也。君不出令,则失其所以为君,臣不行君之令而致之民,民不出粟米麻丝,作器皿、通货财,以事其上,则诛。今其法曰:"必弃而君臣,去而父子,禁而相生养之道⑥,

---

① 赡,提供,供给。
② 壹,同"湮",塞之义。
③ 率,督率。
④ 语见《庄子·胠箧》。
⑤ 介,甲。
⑥ 三"而"字皆训为"汝"。

杂著

以求其所谓清净寂灭者①。"呜呼！其亦幸而出于三代之后，不见黜于禹、汤、文、武、周公、孔子也！其亦不幸而不出于三代之前，不见正于禹、汤、文、武、周公、孔子也！帝之与王，其号名殊，其所以为圣一也。夏葛而冬裘，渴饮而饥食，其事殊，其所以为智一也②。今其言曰："曷不为太古之无事？"是亦责冬之裘者曰：曷不为葛之之易也？责饥之食者曰：曷不为饮之之易也？《传》曰："古之欲明明德于天下者，先治其国；欲治其国者，先齐其家；欲齐其家者，先修其身；欲修其身者，先正其心；欲正其心者，先诚其意③。"然则古之所谓正心而诚意者，将以有为也④。今也欲治其心，而外天下国家，灭其天常；子焉而不父其父，臣焉而不君其君，民焉而不事其事。孔子之作《春秋》也⑤，诸侯用夷礼，则夷之⑥；进于中国，则

---

① 清净，谓老。寂灭，谓佛。
② 言皆不愧为圣智。
③ 语见《礼记·大学》。
④ 言将扩而大之，以齐家治国，非若释氏之正心诚意之为己也。
⑤ 《春秋》，鲁记史之书，孔子删定之。
⑥ 鲁僖公二十三年，杞君卒，用夷礼，孔子记其事，贬其名称曰子。

中国之①。《经》曰:"夷狄之有君,不如诸夏之亡②。"《诗》曰:"戎狄是膺,荆舒是惩③。"今也举夷狄之法,而加之先王之教之上,几何其不胥而为夷也④!

夫所谓先王之教者何也?博爱之谓仁;行而宜之之谓义;由是而之焉之谓道;足乎己无待于外之谓德。其文《诗》《书》《易》《春秋》,其法礼乐刑政,其民士农工贾,其位君臣、父子、师友、宾主、昆弟、夫妇,其服麻丝,其居宫室,其食粟米果蔬鱼肉:其为道易明,而其为教易行也。是故以之为己,则顺而祥;以之为人,则爱而公;以之为心,则和而平;以之为天下国家,无所处而不当。是故生则得其情,死则尽其常⑤,郊焉而天神假⑥,庙焉而人鬼飨⑦。曰:斯道也,何道也?曰:斯吾所谓道也,非向所谓老与佛之道也。尧以是传之舜,舜以是传之禹,禹以

---

① "进于"二字前或有"夷而"二字。
② 语见《论语》。
③ 语见《诗·鲁颂·閟宫》。膺,抵挡,打击。荆,楚国。舒,楚东境之国,古皆以为蛮夷。惩,惩创。
④ 胥,皆。此段申说上段之意。
⑤ 尽其常,谓终其天年。
⑥ 古时祀天于南郊,祀地于北郊,故郊者,谓祀天地也。假,gé,至、到。
⑦ 庙,祀于宗庙。人鬼,祖宗。

杂著

是传之汤,汤以是传之文、武、周公,文、武、周公传之孔子,孔子传之孟轲,轲之死,不得其传焉。荀与扬也①,择焉而不精,语焉而不详。由周公而上,上而为君,故其事行②;由周公而下,下而为臣,故其说长③。然则如之何而可也?曰:不塞不流,不止不行④,人其人⑤,火其书,庐其居⑥,明先王之道以道之⑦,鳏寡孤独废疾者有养也⑧,其亦庶乎其可也。

原性

性也者,与生俱生也;情也者,接于物而生也。性之品有三,而其所以为性者五,情之品有三,而其所以为情者七。曰:何也?曰:性之品有上中

---

① 荀,荀卿,名况,战国时赵人,倡性恶之说。扬,扬雄,字子云,汉时人,著《法言》及《太玄》等。
② 行,得位以行道。
③ 长,立言以明道。
④ 言佛、老之道不塞不止,圣人之教不流不行。
⑤ 人其人,言僧道俱令还俗。
⑥ 庐其居,言寺观皆改作民屋。
⑦ 后"道"字同"导"。
⑧ 老而无妻曰鳏,老而无夫曰寡,幼而无父曰孤,老而无子曰独。废疾,癃病。以无佛、老之害,故穷民皆得其所养。

下三。上焉者，善焉而已矣；中焉者，可导而上下也；下焉者，恶焉而已矣。其所以为性者五：曰仁、曰礼、曰信、曰义、曰智。上焉者之于五也，主于一而行于四①；中焉者之于五也，一不少有焉，则少反焉，其于四也混②；下焉者之于五也，反于一而悖于四③。性之于情视其品④。情之品有上中下三，其所以为情者七：曰喜、曰怒、曰哀、曰惧、曰爱、曰恶、曰欲。上焉者之于七也，动而处其中；中焉者之于七也，有所甚，有所亡⑤，然而求合其中者也；下焉者之于七也，亡与甚直情而行者也⑥。情之于性视其品。

孟子之言性曰："人之性善。"荀子之言性曰："人之性恶。"扬子之言性曰："人之性善恶混⑦。"

---

① 主于一，主于仁也。四者，礼、信、义、智。
② 言中人之性，于五者之中，其一非少有而偏少，即少反而偏多，其四者亦杂而不纯。
③ 悖，乱。
④ 言视性之品之上中下，而得情之中与否。
⑤ 甚，超过。亡，不及。
⑥ 直情而行，言皆往而不反。
⑦ 扬子谓人之性善恶混，修其善则为善人，修其恶则为恶人。

杂著

夫始善而进恶,与始恶而进善,与始也混而今也善恶;皆举其中而遗其上下者也①,得其一而失其二者也②。叔鱼之生也,其母视之,知其必以贿死③;杨食我之生也,叔向之母闻其号也,知必灭其宗④;越椒之生也,子文以为大戚,知若敖氏之鬼不食也⑤;人之性果善乎?后稷之生也,其母无灾,其始匍匐也,则岐岐然,嶷嶷然⑥;文王之在母也,母不忧,既生也,傅不勤,既学也,师不烦⑦;人之性果恶乎?尧

---

① 指扬子之说。
② 指孟荀之说。
③ 叔鱼,姓羊舌,名鲋,春秋时晋人,生时,其母视之曰:"是虎目而豕喙,鸢肩而牛腹,溪壑可盈,是不可餍也,必以贿死。"后果以贪被杀。
④ 食我,yì'é;杨食我,即叔向之子也,字伯石,食采于杨,故称焉。叔向,姓羊舌,名肸,春秋时晋贤大夫,叔鱼庶兄。伯石始生,叔向母往视之,及堂,闻其声而还,曰:"是豺狼之声也,狼子野心,非是,莫丧羊舌氏矣!"其后食我果亡羊舌氏。
⑤ 越椒,楚君若敖熊义之后,别姓鬭氏,父曰子良,为楚司马,子文即鬭縠於菟,其从父也,越椒始生,子文曰:"必杀之,是子也,熊虎之状,而豺狼之声,弗杀,必灭若敖氏。"子良不可,子文以为大戚,曰:"鬼犹求食,若敖氏之鬼,不其馁而!"越椒后果亡若敖氏。
⑥ 舜时农官名后稷,周始祖弃为是官,因称弃为后稷。弃母姜嫄践巨人迹而有娠,生弃,以为不祥而欲弃之,故名弃。《诗·大雅·生民》:"载生载育,时惟后稷。""不坼不副,无灾无害。""诞实匍匐,克岐克嶷。以就口食。"岐岐,意有所知。嶷,nì;嶷嶷,有所识别也。
⑦ 文王在母不忧,在傅弗勤,师处弗烦,见《国语·晋语四》。

之朱①,舜之均②,文王之管、蔡③,习非不善也,而卒为奸;瞽叟之舜④,鲧之禹⑤,习非不恶也,而卒为圣;人之性善恶果混乎?故曰:三子之言性也,举其中而遗其上下者也,得其一而失其二者也。

曰:然则性之上下者,其终不可移乎?曰:上之性就学而愈明,下之性畏威而寡罪,是故上者可教,而下者可制也;其品则孔子谓不移也⑥。曰:今之言性者异于此,何也?曰:今之言者,杂佛、老而言也,杂佛、老而言也者,奚言而不异⑦!

原毁

古之君子,其责己也重以周⑧,其待人也轻以

---

① 朱,尧子丹朱,以不肖称。
② 均,舜子商均,亦以不肖称。
③ 管,管叔鲜;蔡,蔡叔度,皆文王子,文王崩,子武王立,武王崩,弟周公旦辅武王子成王即位,管、蔡作乱,周公诛管囚蔡,其乱始平。
④ 瞽叟为父,舜为子,瞽叟以顽闻,而舜为大圣。
⑤ 鲧为父,禹为子,鲧以治水无功被诛,而禹继父志,平水灾,受舜禅为天子。
⑥ 孔子谓上智与下愚,不移,韩愈推阐之,以为孔子所谓不移,乃性之品,性固相近,上者可教,下者可制。
⑦ 当时言性者,或近于异端,愈惧其胥为夷,故以佛、老结。
⑧ 周,完备。

约①。重以周,故不怠;轻以约,故人乐为善。闻古之人有舜者,其为人也,仁义人也②。求其所以为舜者,责于己曰:"彼人也,予人也;彼能是,而我乃不能是!"早夜以思,去其不如舜者,就其如舜者③。闻古之人有周公者,其为人也,多才与艺人也④;求其所以为周公者,责于己曰:"彼人也,予人也;彼能是,而我乃不能是!"早夜以思,去其不如周公者,就其如周公者⑤。舜,大圣人也,后世无及焉;周公,大圣人也,后世无及焉,是人也,乃曰不如舜,不如周公,吾之病也,是不亦责于身者重以周乎⑥!其于人也,曰:"彼人也,能有是,是足为良人矣;能善是,是足为艺人矣⑦。"取其一,不责其二⑧;即其新,不究其旧⑨;恐恐然惟

---

① 约,简略。
② 《孟子》载舜由仁义行。
③ 《孟子·滕文公上》:"颜渊曰:'舜,何人也,予,何人也,有为者亦若是。'"
④ 《书·金縢》:"予仁若考,能多才多艺,能事鬼神。"
⑤ 《孟子·滕文公上》:"公明仪曰:'文王我师也,周公岂欺我哉!'"
⑥ "身"字或本作"己"。
⑦ 艺人,有才能之人。
⑧ 谓取其一长,不苛求其短。
⑨ 取其最新之善,不问其旧时之过恶。

惧其人之不得为善之利。一善易修也,一艺易能也,其于人也,乃曰能有是,是亦足矣,曰能善是,是亦足矣,不亦待于人者轻以约乎!今之君子则不然。其责人也详,其待己也廉①。详,故人难于为善,廉,故自取也少。己未有善②,曰:"我善是,是亦足矣。"己未有能,曰:"我能是,是亦足矣。"外以欺于人,内以欺于心,未少有得而止矣,不亦待其身者已廉乎③!其于人也,曰:"彼虽能是,其人不足称也;彼虽善是,其用不足称也。"举其一,不计其十④;究其旧,不图其新。恐恐然惟惧其人之有闻也,是不亦责于人者已详乎!夫是之谓不以众人待其身⑤,而以圣人望于人,吾未见其尊己也!

虽然,为是者,有本有原,怠与忌之谓也;怠者不能修,而忌者畏人修。吾常试之矣,尝试语于众曰:"某良士,某良士。"其应者⑥,必其人之

---

① 廉,谓只取一端,不尽备也。
② "未有"二字,本或作"有未";下同。
③ 其身,或作"于己"。
④ 谓举其一事之差,不计其十事之善。
⑤ 之,或本无。
⑥ 应,赞同。

与也①；不然，则其所疏远不与同其利者也②；不然，则其畏也③。不若是，强者必怒于言，懦者必怒于色矣。又尝语于众曰："某非良士，某非良士。"其不应者，必其人之与也；不然，则其所疏远不与同其利者也；不然，则其畏也。不若是，强者必悦于言，懦者必悦于色矣。是故事修而谤兴，德高而毁来。呜呼！士之处此世而望名誉之光、道德之行，难已④！

将有作于上者⑤，得吾说而存之，其国家可几而理欤⑥。

对禹问⑦

或问曰："尧舜传诸贤，禹传诸子，信乎？"

---

① 与，党与。
② 不与同其利，则誉之无出入，故应之也。
③ 畏，谓畏其人而应之。
④ 已，或作"矣"。
⑤ 作，亦作"仕"，或作"化"。
⑥ 欤，一作"也"。
⑦ 《孟子·万章上》："万章问曰：'人有言："至于禹而德衰，不传于贤而传于子。"有诸？'孟子曰：'否，不然也！天与贤，则与贤；天与子，则与子。'"愈乃设问而为之答。

曰："然。""然则禹之贤不及于尧与舜也欤？"曰："不然，尧、舜之传贤也，欲天下之得其所也，禹之传子也，忧后世争之之乱也；尧、舜之利民也大，禹之虑民也深①。"

曰："然则尧、舜何以不忧后世？"曰："舜如尧，尧传之，禹如舜，舜传之②。得其人而传之，尧、舜也；无其人虑其患而不传者③，禹也。舜不能以传禹，尧为不知人④，禹不能以传子，舜为不知人⑤。尧以传舜，为忧后世；禹以传子，为虑后世。"

曰："禹之虑也则深矣，传之子而当不淑⑥，则奈何？"曰："时益以难理⑦，传之人则争，未前定也⑧；

---

① 虑，一作"利"。
② 言尧、舜知舜、禹皆圣智，故递相传授。
③ 无其人下，一本亦有"而不传"三字。句中"不传"二字，一作"不得如己"四字。
④ 言尧固知舜能传贤，不以自私。
⑤ 禹之传子，以其时无人能贤如其子者，则传子亦犹传贤也，若妄以天下传之非人，以避传子之嫌，使后世争而乱，则因小而失大矣，故其传子初未尝有家天下之心也，舜知其能如此，故让位焉。
⑥ 当，值，遇到。淑，善。
⑦ 犹言世殊不易治。
⑧ 言因未前定而争。

杂著

传之子则不争，前定也①。前定虽不当贤，犹可以守法，不前定而不遇贤，则争且乱。天之生大圣也不数，其生大恶也亦不数。传诸人，得大圣，然后人莫敢争，传诸子，得大恶，然后人受其乱。禹之后四百年，然后得桀；亦四百年，然后得汤与伊尹。汤与伊尹，不可待而传也②。与其传不得圣人而争且乱，孰若传诸子，虽不得贤，犹可守法。"

曰："孟子之所谓'天与贤，则与贤；天与子，则与子'者，何也？"曰："孟子之心，以为圣人不苟私于其子以害天下，求其说而不得，从而为之辞③。"

杂说二首④

其一

龙嘘气成云⑤，云固弗灵于龙也。然龙乘是气，

---

① 言因前定而不争。
② 待，一本作"得"。言四百年始得汤与伊尹，不能必待其生而传之，不可待而传，则传子与传贤无异矣。
③ 言孟子以为圣人不私其子以害天下，然禹明明传子，一时不得禹传子亦如传贤之说，故从而以天与为辞。
④ 原有四首，本书选其第一首及第四首。
⑤ 嘘，呼气。

茫洋穷乎玄间①，薄日月②，伏光景③，感震电，神变化，水下土④，汩陵谷⑤，云亦灵怪矣哉！

云，龙之所能使为灵也，若龙之灵，则非云之所能使为灵也。然龙弗得云，无以神其灵矣，失其所凭依，信不可欤？异哉！其所凭依，乃其所自为也。《易》曰："云从龙⑥。"既曰龙，云从之矣⑦。

其二

世有伯乐⑧，然后有千里马。千里马常有，而伯乐不常有；故虽有名马，只辱于奴隶人之手，骈死于槽枥之间⑨，不以千里称也。

---

① 茫洋，飞腾貌。穷，极。玄间，天地之表。
② 薄，迫。
③ 伏，掩。景，读 yǐng。
④ 水，浸。
⑤ 汩，gǔ，漂没。
⑥ 《易·乾卦》语。
⑦ 本篇寄托甚深，取类甚广，如道义之扶持，德行之发为事业文章，以至君臣之遇合，朋友之应求，圣人之风，兴起于百世之下，无不皆是。
⑧ 伯乐，姓孙，名阳，秦穆公时善相马者。
⑨ 骈，并。槽枥，养马之所。

杂著

马之千里者,一食或尽粟一石。食马者[1],不知其能千里而食也;是马也,虽有千里之能,食不饱,力不足,才美不外见,且欲与常马等,不可得,安求其能千里也!策之不以其道,食之不能尽其材,鸣之而不能通其意,执策而临之曰:"天下无马!"呜呼!其真无马邪,其真不知马也[2]!

读《荀》[3]

始吾读孟轲书,然后知孔子之道尊,圣人之道易行,王易王,霸易霸也,以为孔子之徒没,尊圣人者,孟氏而已。晚得扬雄书[4],益尊信孟氏,因雄书而孟氏益尊,则雄者,亦圣人之徒欤!圣人之道,不传于世,周之衰,好事者各以其说干时君[5],纷纷

---

[1] 食,sì;后"食之"同。
[2] 知,或作"识"。也,或作"邪"。
[3] 《荀》,《荀子》也,一本下即有"子"字。《荀子》为荀况所作,况又称荀卿,赵人,为齐襄王稷下祭酒,避谗适楚,楚春申君黄歇以为兰陵令,歇死而荀卿废,后死,即葬兰陵,所著《荀子》,凡数万言。
[4] 扬雄,字子云,前汉时人,为人好古乐道,不慕荣利,以文章名世,著有《太玄》《法言》《方言》等书。
[5] 干,求。

藉藉相乱①,《六经》与百家之说错杂②,然老师大儒犹在。火于秦,黄老于汉,其存而醇者,孟轲氏而止耳,扬雄氏而止耳。及得荀氏书,于是又知有荀氏者也。考其辞,时若不粹③,要其归,与孔子异者鲜矣;抑犹在轲、雄之间乎!

　　孔子删《诗》《书》④,笔削《春秋》⑤,合于道者著之,离于道者黜去之。故《诗》《书》《春秋》无疵⑥;余欲削荀氏之不合者,附于圣人之籍,亦孔子之志欤⑦。孟氏,醇乎醇者也,荀与扬,大醇而小疵。

---

① 纷纷藉藉,杂而多也。
② 《六经》,《易》《诗》《书》《礼》《乐》《春秋》也。百家之说,百家杂说也。
③ 句或作"有时若不醇粹"。
④ 孔子求《书》,得三千二百四十篇,删其烦乱,为百二十篇。古时《诗》有三千余篇,孔子取其可施于礼义者,凡三百五篇。
⑤ 笔,记载。削,削除,古用竹简,有所改易,即削去之,故云。
⑥ 疵,病。
⑦ 如《原性》所言,荀氏之性恶说,载《荀子·性恶》篇中,如此类者,皆不合于道,殆即愈所欲削去者也。

杂著

读《仪礼》①

余尝苦《仪礼》难读，又其行于今者盖寡，沿袭不同，复之无由，考于今，诚无所用之；然文王、周公之法制，粗在于是。孔子曰："吾从周②。"谓其文章之盛也。古书之存者希矣，百氏杂家，尚有可取，况圣人之制度邪！于是掇其大要，奇辞奥旨著于篇，学者可观焉。惜乎！吾不及其时进退揖让于其间，呜呼，盛哉！

获麟解③

麟之为灵昭昭也④。咏于《诗》⑤，书于《春秋》⑥，杂出于传记百家之书，虽妇人小子，皆知其为祥也。

---

① 《仪礼》，周代典礼之书，自经秦劫，残缺不完，今所存者，凡十七卷。
② 《论语·八佾》："周监于二代，郁郁乎文哉！吾从周。"为孔子语。
③ 春秋鲁哀公十四年，西狩获麟，叔孙氏之车子鉏商获之，以为不祥，以赐虞人，仲尼观之曰："麟也！"然后取之；仲尼伤麟之出也不时，遂绝笔，故《春秋》作至是年而止。本篇主旨，或谓愈系借《春秋》获麟事，以麟自况云。
④ 言麟为灵物甚明。
⑤ 《诗·周南·麟趾》篇有"麟之趾"之语。
⑥ 书，一作"载"。

然麟之为物，不畜于家，不恒有于天下，其为形也不类①，非若马牛犬豕豺狼麋鹿然②，然则虽有麟，不可知其为麟也。角者吾知其为牛，鬣者吾知其为马③，犬豕豺狼麋鹿，吾知其为犬豕豺狼麋鹿，惟麟也不可知④，不可知，则其谓之不祥也亦宜⑤。

虽然，麟之出，必有圣人在乎位，麟为圣人出也；圣人者，必知麟，麟之果不为不祥也。

又曰，麟之所以为麟者，以德不以形。若麟之出不待圣人，则谓之不祥也亦宜⑥。

师说

古之学者必有师。师者，所以传道受业解惑也⑦。人非生而知之者，孰能无惑？惑而不从师，其为惑也，终不解矣。生乎吾前，其闻道也，固先乎吾，

---

① 不类，不同凡类。
② 豺，与狼同类。麋，鹿之大者。
③ 鬣，马领上毛也。
④ 麟似鹿而大，牛尾马蹄，有肉角一，背毛五彩，腹毛黄。
⑤ 即指鲁获麟而以为不祥。
⑥ 麟不履生草，不食生物，圣人出，王道行，始见云。
⑦ 受，一作"授"。

杂著

吾从而师之；生乎吾后，其闻道也，亦先乎吾，吾从而师之，吾师道也，夫庸知其年之先后生于吾乎①？是故无贵无贱，无长无少，道之所存，师之所存也。

嗟乎！师道之不传也久矣！欲人之无惑也难矣！古之圣人，其出人也远矣，犹且从师而问焉；今之众人，其下圣人也亦远矣，而耻学于师，是故圣益圣，愚益愚；圣人之所以为圣，愚人之所以为愚，其皆出于此乎。爱其子，择师而教之，于其身也，则耻师焉，惑矣！彼童子之师，授之书而习其句读者②，非吾所谓传其道解其惑者也。句读之不知，惑之不解，或师焉，或不焉③，小学而大遗，吾未见其明也。巫医乐师百工之人，不耻相师。士大夫之族，曰师、曰弟子云者，则群聚而笑之。问之，则曰："彼与彼年相若也，道相似也。位卑则足羞，官盛则近谀。"呜呼！师道之不复可知矣！巫医乐师百工之人，君子不齿④，今其智乃反不能及，其可怪也欤！

---

① 庸，岂、哪里。
② 文字语绝处为句，语未绝而点分之为读。
③ 不，同"否"。
④ 齿，列。不齿，不引与同列。

韩愈文

圣人无常师，孔子师郯子、苌弘、师襄、老聃①、剡子之徒，其贤不及孔子；孔子曰："三人行，则必有我师②。"是故弟子不必不如师，师不必贤于弟子，闻道有先后，术业有专攻，如是而已。

李氏子蟠，年十七，好古文，六艺经传③，皆通习之，不拘于时；学于余④，余嘉其能行古道，作《师说》以贻之。

进学解⑤

国子先生晨入太学⑥，招诸生立馆下⑦，诲之曰：

---

① 郯，tán，国名，在今山东郯城县境。郯子，郯君也，知少皞氏以鸟名官之故，孔子见而学焉，事见《左传·昭公十七年》。苌弘，周大夫，孔子访乐焉。师襄，乐师名襄，孔子学鼓琴焉。老聃即老子，见《原道》注，孔子问礼焉。
② 语见《论语·述而》。
③ 六艺，六经也，即《诗》《书》《易》《春秋》《礼》《乐》。
④ "学"前或有"请"字。
⑤ 愈以宪宗元和六年为职方员外郎，华阴令柳涧有罪，将贬，愈上疏请辨曲直，既按涧有犯，遂左迁国子博士，盖于是凡再为国子博士矣，以才高数黜，而官又下迁，乃作《进学解》以自喻，执政奇其才，改为比部郎中、史馆修撰。
⑥ 太学，古时国立之最高级学校。
⑦ 馆，授业之所。

杂著

"业精于勤,荒于嬉,行成于思①,毁于随②。方今圣贤相逢,治具毕张③,拔去凶邪,登崇畯良④,占小善者率以录⑤,名一艺者无不庸⑥,爬罗剔抉⑦,刮垢磨光⑧。盖有幸而获选,孰云多而不扬。诸生业患不能精,无患有司之不明!行患不能成,无患有司之不公!"

言未既,有笑于列者曰⑨:"先生欺余哉!弟子事先生,于兹有年矣,先生口不绝吟于六艺之文,手不停披于百家之编⑩,记事者必提其要⑪,纂言者必钩其玄⑫,贪多务得,细大不捐⑬,焚膏油以继晷⑭,恒兀

---

① 思,精求之意。
② 随,苟且之意。
③ 张,施也。言所以为治之具尽施设也。
④ 畯,亦作"俊"。
⑤ 占,zhàn,擅有。率,大率。录,取。
⑥ 名一艺,以一艺成名。庸,用。
⑦ 抉,挑。爬罗剔抉,谓搜取人才。
⑧ 刮垢磨光,谓造就人才。
⑨ 列,班位。
⑩ 披,翻阅。
⑪ 提其要,举纲挈领。
⑫ 纂,辑而集之。钩其玄,精深研求。
⑬ 捐,舍弃。
⑭ 晷,日影。言夜以继日。

韩愈文

兀兀以穷年①，先生之业，可谓勤矣。觝排异端②，攘斥佛老③，补苴罅漏④，张皇幽眇⑤，寻坠绪之茫茫，独旁搜而远绍⑥，障百川而东之，回狂澜于既倒⑦，先生之于儒，可谓有劳矣⑧。沉浸醲郁，含英咀华⑨，作为文章，其书满家⑩。上规姚、姒⑪，浑浑无涯⑫；周诰殷盘⑬，佶屈聱牙⑭；《春秋》谨严⑮，《左氏》浮夸⑯，《易》奇而法⑰，

---

① 兀兀，用心貌。
② 觝，dǐ，抵触、抵制。
③ 攘，排去之。
④ 苴，所以藉履。补苴罅漏，修其残缺。
⑤ 张皇，张大。张皇幽眇，阐其幽微。
⑥ 坠绪，废业。茫茫，不明貌。绍，继。二句承补苴张皇说。
⑦ 二句承觝排攘斥说。
⑧ 事功曰劳。
⑨ 英，花。咀，嚼。文字之精妙处，涵泳之使书味存于胸中，则有益，即沉浸二句之谓也。
⑩ 书，古代之书籍。言作文悉本于古。
⑪ 规，规学。姚、姒，舜、禹姓。此处谓虞、夏之书。
⑫ 言虞、夏之书浑浑然无涯涘也。
⑬ 周诰，谓《尚书》中《大诰》《酒诰》《康诰》等。殷盘，谓《尚书》中《盘庚》上中下三篇。
⑭ 佶屈聱牙，皆艰涩貌。
⑮ 孔子作《春秋》，以一字为褒贬，故称谨严。
⑯ 《左氏传》释经，文辞繁富，修饰铺张。
⑰ 《易》变化甚奇，而正理可法。

杂著

《诗》正而葩①;下逮《庄》《骚》②,太史所录③,子云、相如,同工异曲④,先生之于文,可谓闳其中而肆其外矣⑤。少始知学,勇于敢为;长通于方⑥,左右具宜,先生之于为人,可谓成矣。然而公不见信于人,私不见助于友,跋前踬后⑦,动辄得咎。暂为御史,遂窜南夷⑧;三年博士,冗不见治⑨;命与仇谋,取败几时⑩;冬暖而儿号寒,年丰而妻啼饥;头童齿豁⑪,竟死何裨⑫。不知虑此,而反教人为⑬!"

---

① 葩,华。《诗》之义理甚正,而词藻华美,故《诗经》又称《葩经》。
② 《庄》,《庄子》;《骚》,《离骚》。
③ 太史,司马迁。所录,指《史记》。
④ 子云,扬雄;相如,司马相如,二人皆以文名也。同工异曲,言犹乐之同工而异其曲调。
⑤ 闳中肆外,言蕴蓄富而笔豪放也。
⑥ 通方,通达古圣王之道。
⑦ 《诗·豳风·狼跋》:"狼跋其胡,载疐其尾。"胡,老狼领下悬肉,跋疐,颠倒貌,言老狼进则跋于胡,退则疐于尾,进退皆难也。"疐"与"踬"义通。
⑧ 德宗贞元十九年,愈迁监察御史,会京师旱,民饥,诏蠲租半,有司征求反急,愈上疏言状,遂被谗,贬为连州阳山令。阳山,县名,属今广东省,故称曰南夷。
⑨ 愈于元和元年为国子博士,三年为真,明年改都官,故曰三年博士。冗,散。治,功状。
⑩ 命与仇敌为谋,数遭败坏。
⑪ 童,秃。豁,落。
⑫ 竟死,犹至死。裨,益。
⑬ 为,作。自公不见信至此,正言有司之不明不公。

韩愈文

先生曰:"吁!子来前!夫大木为杗①,细木为桷②,欂栌侏儒③,椳闑扂楔④,各得其宜,施以成室者,匠氏之工也。玉札丹砂⑤,赤箭青芝⑥,牛溲马勃⑦,败鼓之皮⑧,俱收并蓄,待用无遗者,医师之良也。登明选公⑨,杂进巧拙,纡余为妍⑩,卓荦为杰⑪,校短量长,惟器是适者,宰相之方也。昔者孟轲好辩,孔道以明⑫,辙环天下,卒老于行⑬,荀卿守正,大论是弘,逃谗于楚,废死兰陵⑭;是二儒者,吐辞

---

① 杗,máng,屋大梁。
② 桷,椽。
③ 欂,bó,栌,lú,侏儒或皆从木旁,三者皆屋上短柱。
④ 椳,户枢。闑,门限。扂,diàn,户牡。楔,xiē,门两旁木。
⑤ 玉札,药名,即地榆。丹砂,朱砂。
⑥ 赤箭,即天麻。青芝,一名龙芝。
⑦ 牛溲,牛溺。马勃,菌类,生湿地及腐木上。
⑧ 败鼓之皮,主治虫毒。
⑨ 登,举,提拔。
⑩ 纡余为妍,谓作缓态者。
⑪ 卓荦为杰,谓行直道者。
⑫ 公都子问孟子:"外人皆称夫子好辩,敢问何也?"孟子曰:"余岂好辩哉,余不得已也。"
⑬ 车辙环行天下,而莫能用。
⑭ 荀卿游齐,三为祭酒,齐人谗之,乃适楚,楚黄歇为相,以为兰陵令,歇死,荀卿亦废,著书数万言而卒,因葬兰陵。兰陵,今山东临沂兰陵县。

杂著

为经,举足为法,绝类离伦,优入圣域,其遇于世何如也?今先生学虽勤而不繇其统,言虽多而不要其中,文虽奇而不济于用,行虽修而不显于众①;犹且月费俸钱,岁靡廪粟②,子不知耕,妇不知织③,乘马从徒,安坐而食④,踵常途之促促⑤,窥陈编以盗窃⑥;然而圣主不加诛⑦,宰臣不见斥,兹非其幸欤⑧!动而得谤,名亦随之,投闲置散,乃分之宜;若夫商财贿之有亡⑨,计班资之崇庳⑩,忘己量之所称⑪,指前人之瑕疵⑫,是所谓诘匠氏之不以杙为楹⑬,

---

① 四句解前勤业、有劳、为文、为人四段。
② 靡,费。
③ 二句言有以养家。
④ 二句言有以自养。
⑤ 促促,廉谨貌。言随俗而无异能也。
⑥ 言盗窃旧章而无创解。
⑦ 诛,责罚。
⑧ 幸,谓遇世愈于孟、荀二儒。
⑨ 财贿,谓禄也。
⑩ 班资,品秩。庳,bì,下。
⑪ 称,chèn。
⑫ 前人,谓在己前之贵显者。瑕疵,过失。谓不公不明也。
⑬ 诘,责备。杙,橛。楹,柱。杙小楹大,故愈以杙自喻。

而訾医师以昌阳引年,欲进其豨苓也①。"

五箴 并序

人患不知其过;既知之,不能改,是无勇也。余生三十有八年,发之短者日益白,齿之摇者日益脱,聪明不及于前时,道德日负于初心,其不至于君子而卒为小人也,昭昭矣!作《五箴》以讼其恶云②。

游箴

余少之时,将求多能,蚤夜以孜孜;余今之时,既饱而嬉,蚤夜以无为。呜呼余乎!其无知乎!君子之弃,而小人之归乎!

言箴

不知言之人,乌可与言,知言之人,默焉而其

---

① 訾,zǐ,毁也。昌阳,即昌蒲,久服可延年。豨苓,即猪苓,主渗泄。自动而得谤至此,解前公不见信段,言有司未有不明不公处。
② 讼,责备。

意已传。幕中之辩,人反以汝为叛①,台中之评,人反以汝为倾②;汝不惩邪③,而呶呶以害其生邪④?

行箴⑤

行与义乖,言与法违,后虽无害,汝可以悔⑥;行也无邪,言也无颇⑦,死而不死,汝悔而何⑧?宜悔而休,汝恶曷瘳?宜休而悔,汝善安在?悔不可追,悔不可为;思而斯得,汝则弗思。

好恶箴

无善而好⑨,不观其道;无悖而恶⑩,不详其故。

---

① 愈曾佐宣武节度使董晋,及武宁节度使张建封,鲠言无所忌,幕中二句,即指其时。
② 台,台官,谓御史。倾,倾邪。愈为监察御史,以言事贬阳山令,见《进学解》注,台中二句,即指其事。
③ 惩,戒。
④ 呶呶,喧语不已。
⑤ 行,一作"悔"。
⑥ 言虽然无害,犹当悔。
⑦ 颇,偏颇。
⑧ 言虽困迫近死而未死,汝可悔乎,谓不当悔也。
⑨ 而,汝。
⑩ 悖,乱。

前之所好,今见其尤①;从也为比②,舍也为仇。前之所恶,今见其臧;从也为愧,舍也为狂。维仇维比,维狂维愧,于身不祥,于德不义。不义不祥,维恶之大,几如是为,而不颠沛③?齿之尚少,庸有不思,今其老矣,不慎胡焉?

知名箴

内不足者,急于人知;霈焉有余④,厥闻四驰⑤。今日告汝,知名之法:勿病无闻,病其晔晔⑥!昔者子路,惟恐有闻⑦,赫然千载,德誉愈尊。矜汝文章,负汝言语,乘人不能,揜以自取⑧;汝非其父,汝非其师,不请而教⑨,谁云不欺?欺以贾

---

① 尤,过误。
② 比,阿附。
③ 颠沛,挫折之意。言如是行为而不遭挫折者几何哉。
④ 霈焉,饶裕之意。
⑤ 闻,wèn,名声、名望。言足于内者,声名自能外溢也。
⑥ 晔晔,言名盛。
⑦ 《论语·公冶长》:"子路有闻,未之能行,惟恐有闻。"言未能行其实,不欲有闻也。
⑧ 揜,袭取。
⑨ 不请而教,人未请而教之也。

憎①，挢以媒怨，汝曾不寤，以及于难。小人在辱，亦克知悔，及其既宁，终莫能戒。既出汝心，又铭汝前，汝如不顾，祸亦宜然。

讳辩②

愈与李贺书，劝贺举进士③。贺举进士有名，与贺争名者毁之，曰："贺父名晋肃，贺不举进士为是，劝之举者为非。"听者不察也，和而唱之，同然一辞。皇甫湜曰④："若不明白，子与贺且得罪。"愈曰："然。"

律曰，二名不偏讳⑤，释之者曰，谓若言"征"不称"在"，言"在"不称"征"是也⑥；律曰，不讳嫌名⑦，释之者曰，谓若"禹"与"雨"、"丘"与

---

① 贾，gǔ，买。
② 愈劝李贺举进士，妒贺者借口贺父名晋肃，晋字与进字同音，宜以为讳，而不应举进士，愈故作此以辨之。
③ 李贺，字长吉，唐之宗室，幼有诗名。愈器之，故作书劝举进士。
④ 湜，shí；皇甫湜，字持正，有文才，仕至工部郎中，与愈友善。
⑤ 二名，名之有二字者，不偏讳，不固定一字而讳之，在律有是文也。
⑥ 孔子之母名征在，孔子尝有"宋不足征""某在斯"等语。
⑦ 嫌名，声相近者，文见《礼记·曲礼上》。

"蓸"之类是也①。今贺父名晋肃,贺举进士,为犯"二名律"乎?为犯"嫌名律"乎?父名晋肃,子不得举进士;若父名仁,子不得为人乎?

夫讳始于何时?作法制以教天下者,非周公、孔子欤!周公作诗不讳②,孔子不偏讳二名③;《春秋》不讥不讳嫌名④。康王钊之孙,实为"昭"王⑤。曾参之父名晳,曾子不讳"昔"⑥。周之时有骐期⑦,汉之时有杜度⑧,此其子宜如何讳?将讳其嫌,遂讳其姓乎?将不讳其嫌者乎?汉讳武帝名彻为通⑨,不闻又讳车辙之辙为某字也;讳吕后名雉为野鸡⑩,不闻又讳治天下之治为某字也。今上章及诏,不闻讳

---

① 蓸,乌蓸,草名,与丘同音。
② 《诗》有"克昌厥后""骏发尔私"等句,文王名昌,武王名发,而周公作此诗时,皆不为父兄讳。
③ 见上文注。
④ 如卫桓公名完,谥为桓,"桓"与"完"同音,《春秋》不讥。
⑤ 钊,康王名,周成王子。昭王,名瑕,昭其谥也。
⑥ 曾参,字子舆,孔子弟子。曾晳亦孔子弟子。曾参尝有"昔者吾友"之语。
⑦ 骐期,战国楚悼王时人,见《渚宫故事》。
⑧ 杜度,字伯度,杜延年孙,见张怀瓘《书断》。
⑨ 汉武帝名彻,故改彻侯为通侯,蒯彻改名蒯通。
⑩ 汉吕后名雉,因改称雉为野鸡。

"浒""势""秉""饥"也①,惟宦官宫妾乃不敢言"谕"及"机"②,以为触犯,士君子言语行事,宜何所法守也?

今考之于经,质之于律,稽之以国家之典,贺举进士,为可邪?为不可邪?凡事父母得如曾参,可以无讥矣;作人得如周公、孔子,亦可以止矣。今世之士,不务行曾参、周公、孔子之行,而讳亲之名,则务胜于曾参、周公、孔子,亦见其惑也!夫周公、孔子、曾参卒不可胜;胜周公、孔子、曾参,乃比于宦者宫妾③,则是宦者宫妾之孝于其亲,贤于周公、孔子、曾参者耶?

讼风伯④

维兹之旱兮,其谁之由?我知其端兮,风伯是

---

① 唐太祖名虎,虎与浒音近。太宗名世民,世与势音近。世祖名昞,昞与秉音近。玄宗名隆基,基与饥音近。
② 唐代宗名豫,豫与谕音近。机即谓近玄宗讳也。
③ 者,一作"官";下同。
④ 风伯,司风之神。此为讽刺之文,德宗贞元十九年正月不雨,至七月,愈时为四门博士,作此以刺权臣李寔等壅蔽聪明,使人君恩泽不得下流,如风吹云而雨泽不得坠也。

尤。山升云兮泽上气①，雷鞭车兮电摇帜，雨寖寖兮将坠②，风伯怒兮云不得止。

旸乌之仁兮③，念此下民；閟其光兮④，不斗其神；嗟风伯兮，其独谓何⑤！我于尔兮，岂有其他？求其时兮修祀事⑥，羊甚肥兮酒甚旨，食足饱兮饮足醉，风伯之怒兮谁使？云屏屏兮⑦，吹使醨之⑧，气将交兮，吹使离之；铄之使气不得化⑨，寒之使云不得施，嗟尔风伯兮，欲逃其罪又何辞⑩！

上天孔明兮，有纪有纲；我今上讼兮⑪，其罪谁当？天诛加兮不可悔，风伯虽死兮，人谁汝伤⑫！

---

① 上，升。
② 寖寖，欲雨之貌。将下或本有欲字。
③ 旸乌，日名，以喻君也。
④ 閟，闭。
⑤ 独，一本作"将"。
⑥ 唐制，以立春后丑日祀风师，所谓求其时也。
⑦ 屏屏，云聚貌。
⑧ 醨，薄。
⑨ 铄，消毁、削弱。
⑩ "又"前或有"其"字。
⑪ 我今，一作"今我"。
⑫ 汝，一作"尔"。

杂著

张中丞传后叙[①]

元和二年四月十三日夜[②],愈与吴郡张籍阅家中旧书[③],得李翰所为《张巡传》[④];翰以文章自名,为此传颇详密[⑤],然尚恨有阙者,不为许远立传[⑥],又不载雷万春事首尾[⑦]。

远虽材若不及巡者,开门纳巡,位本在巡上,授之柄而处其下,无所疑忌[⑧],竟与巡俱守死、成

[①] 张中丞,名巡,以守睢阳时,拜御史中丞,故称。传,李翰所作,见本文。
[②] 元和,唐宪宗年号。
[③] 吴郡,地在今江苏。张籍,字文昌,今江苏苏州人,愈举荐进士。
[④] 李翰,今河北赞皇人,有文名。张巡,今河南南阳人,博通群书,玄宗末年,以进士官真源(今河南鹿邑县)令,安禄山反,与许远合守睢阳,睢阳陷,巡死,议者谓不宜死守,致丧多人之生命,翰乃为传以上之,并言其以孤城蔽江淮,阻遏贼势,有大功,人乃无异言。
[⑤] 翰所为传颇详密,《新唐书》巡传多采之。
[⑥] 许远,杭州盐官(今浙江海宁)人。
[⑦] 雷万春,巡将,巡入睢阳之前,尝为贼围于雍丘,万春立城上,贼伏矢射之,而中六矢,不动,贼疑为木人,既知其实,乃大惊,深服巡军令之严。一说"雷万春"应作"南霁云"。
[⑧] 许远为睢阳守,贼至,告急于巡,巡时在宁陵,即入睢阳,与远合,远悉以战斗事任之。许远为州守,巡为县令,故言远位在巡上。

功名。城陷而虏,与巡死先后异耳①,两家子弟材智下,不能通知二父志,以为巡死而远就虏,疑畏死而辞服于贼。远诚畏死,何苦守尺寸之地,食其所爱之肉②,以与贼抗而不降乎?当其围守时,外无蚍蜉蚁子之援③,所欲忠者,国与主耳;而贼语以国亡主灭④,远见救援不至,而贼来益众,必以其言为信。外无待而犹死守,人相食且尽,虽愚人亦能数日而知死处矣,远之不畏死亦明矣!乌有城坏其徒俱死,独蒙愧耻求活,虽至愚者不忍为。呜呼!而谓远之贤而为之邪!说者又谓远与巡分城而守⑤,城之陷,自远所分始。以此诟远,此又与儿童之见无异。人之将死,其藏腑必有先受其病者;引绳而绝之,其绝必有处,观者见其然,从而尤之,其亦不达于理矣!小人之好议论,不乐成人之美,如是哉!如巡、

---

① 睢阳于肃宗至德二年十月陷于贼,二人及部将数十人皆被虏,人皆当时遇害,惟远后死。
② 睢阳食尽,巡出爱妾以飨士,远亦杀其奴。
③ 蚍蜉,pí fú,大蚁。
④ 玄宗幸蜀,睢阳被围逾年,官兵未尝出关援救,贼因以此语动围城中人。
⑤ 后二人各守一方,巡守东北,远守西南。

远之所成就,如此卓卓①,犹不得免,其他则又何说!

当二公之初守也,宁能知人之卒不救,弃城而逆遁②?苟此不能守,虽避之他处何益;及其无救而且穷也,将其创残饿羸之余,虽欲去,必不达。二公之贤,其讲之精矣。守一城,捍天下,以千百就尽之卒,战百万日滋之师,蔽遮江淮,沮遏其势,天下之不亡,其谁之功也③?当是时,弃城而图存者,不可一二数;擅强兵坐而观者,相环也④。不追议此,而责二公以死守⑤,亦见其自比于逆乱,设淫辞而助之攻也⑥。

愈尝从事于汴、徐二府,屡道于两府间⑦,亲祭于其所谓双庙者⑧,其老人往往说巡、远时事,云:

---

① 卓卓,特异貌。
② 逆,度,谓先事预度之。
③ 睢阳当江淮之路,睢阳不下,贼不敢绕出其前,唐人因以江淮得全之功,归之巡、远。
④ 如下文贺兰等皆是。
⑤ 此当时之议论,见上文。
⑥ 淫辞,荒诞失实之辞。
⑦ 董晋镇汴,张建封镇徐,愈皆为从事。道,取路。二句贯下祭双庙、过泗州两事言之。
⑧ 巡、远后皆赠大都督,立庙睢阳,号双庙,一庙兼祀二人。

南霁云之乞救于贺兰也①,贺兰嫉巡、远之声威功绩出己上,不肯出师救,爱霁云之勇且壮,不听其语,强留之。具食与乐,延霁云坐。霁云慷慨语曰:"云来时,睢阳之人不食月余日矣②!云虽欲独食,义不忍;虽食,且不下咽!"因拔所佩刀,断一指,血淋漓,以示贺兰③。一座大惊,皆感激为云泣下。云知贺兰终无为云出师意,即驰去。将出城,抽矢射佛寺浮图④,矢著其上砖半箭,曰:"吾归破贼,必灭贺兰,此矢所以志⑤!"愈贞元中过泗州⑥,船上人犹指以相语。城陷,贼以刃胁降巡,巡不屈,即牵去,将斩之;又降霁云,云未应,巡呼云曰:"南八⑦!男儿死耳,不可为不义屈⑧!"云笑曰:

---

① 南霁云,巡将。贺兰,复姓,此处指贺兰进明,时驻兵临淮,巡使霁云往乞师。
② 睢,suī;睢阳,秦县,故城在今河南商丘市南,地在唐宋州,州乃汴府支郡。
③ 断一指所以示信而归报于巡。
④ 浮图,寺塔。
⑤ 志,以志不忘。
⑥ 贞元,德宗年号。泗州,唐州,徐府支郡。
⑦ 霁云行八。
⑧ 巡见云不应,疑其欲降贼,故呼勉之。

杂著

"欲将以有为也①,公有言,云敢不死!"即不屈。

张籍曰:有于嵩者,少依于巡,及巡起事,嵩常在围中②。籍大历中于和州乌江县见嵩③,嵩时年六十余矣,以巡初尝得临涣县尉④,好学,无所不读。籍时尚小,粗问巡、远事,不能细也。云:巡长七尺余,须髯若神。尝见嵩读《汉书》,谓嵩曰:"何为久读此⑤?"嵩曰:"未熟也。"巡曰:"吾于书,读不过三遍,终身不忘也。"因诵嵩所读书,尽卷不错一字。嵩惊,以为巡偶熟此卷,因乱抽他帙以试,无不尽然。嵩又取架上诸书试以问巡,巡应口诵无疑。嵩从巡久,亦不见巡常读书也。为文章,操纸笔立书,未尝起草⑥。初守睢阳时,士卒仅万人,城中居人〔户〕亦且数万,巡因一见问姓名,其后无不识者。巡怒,须髯辄张。及城陷,贼

---

① 言将诈屈,以俟机杀贼。
② 常,或作"尝"。
③ 大历,代宗年号。和州,北齐置,在今安徽和县,明时省入州。
④ 以巡,以巡立功,故得官县尉。或无尝字。临涣县,在安徽,元时省入宿州。
⑤ 久,或作"又"。
⑥ 起,或作"有"。

缚巡等数十人,坐;且将戮,巡起旋,其众见巡起,或起或泣,巡曰:"汝勿怖!死,命也。"众泣不能仰视。巡就戮时,颜色不乱,阳阳如平常①。远宽厚长者,貌如其心。与巡同年生,月日后于巡,呼巡为兄。死时年四十九。嵩贞元初死于亳、宋间②;或传嵩有田在亳、宋间,武人夺而有之,嵩将诣州讼理,为所杀。嵩无子。张籍云。

---

① 阳阳,若无所事的样子。
② 亳,唐州,今安徽亳州。宋,唐州,明、清为河南归德府,今商丘为府旧治。

颂赞

伯夷颂[①]

士之特立独行,适于义而已,不顾人之是非,皆豪杰之士,信道笃而自知明者也。

一家非之,力行而不惑者,寡矣;至于一国一州非之,力行而不惑者,盖天下一人而已矣;若至于举世非之[②],力行而不惑者,则千百年乃一人而已耳。若伯夷者,穷天地亘万世而不顾者也。昭乎日月不足为明,崒乎泰山不足为高[③],巍乎天地不足为容也!当殷之亡,周之兴,微子贤也,抱祭器而去

---

① 伯夷,姓墨,名允,字公信。伯,长也,夷,谥也。
② 若至于,一本作"至若"。
③ 崒,zú,山高危貌。

之①；武王周公，圣也，从天下之贤士与天下之诸侯而往攻之②，未尝闻有非之者也。彼伯夷、叔齐者③，乃独以为不可。殷既灭矣，天下宗周④，彼二子乃独耻食其粟，饿死而不顾⑤。繇是而言，夫岂有求而为哉？信道笃而自知明也⑥。

今世之所谓士者，一凡人誉之，则自以为有余，一凡人沮之，则自以为不足。彼独非圣人而自是如此⑦。夫圣人乃万世之标准也，余故曰，若伯夷者，特立独行，穷天地亘万世而不顾者也。虽然，微二子⑧，乱臣贼子接迹于后世矣⑨。

---

① 微子，名启，纣之庶兄，武王伐殷，微子持祭器而造军门。
② 从，一本作"率"。
③ 叔齐，伯夷少弟，名智，字公达，叔，少也，齐，谥也。
④ 宗周，言为天下所宗。
⑤ 武王克殷，伯夷、叔齐耻食周粟，隐于首阳山，采薇而食之，遂饿死。
⑥ "明"字后一有"者"字。
⑦ 圣人，指武王、周公。言二子独以周公、武王为非，而自以为是。
⑧ 微，无。
⑨ 接迹，足迹相接，喻多而不绝也。纣虽暴，然武王以臣弑君，在古代于义终未合，而当时无有注意此点者，幸有夷、齐，古所谓三纲大义，始得维持，而后世之乱臣贼子，始有畏忌。

颂赞

子产不毁乡校颂[①]

我思古人，伊郑之侨[②]。以礼相国，人未安其教，游于乡之校[③]，众口嚣嚣[④]。或谓子产："毁乡校则止。"曰："何患焉，可以成美。夫岂多言，亦各其志。善也吾行，不善吾避，维善维否[⑤]，我于此视。川不可防，言不可弭[⑥]，下塞上聋[⑦]，邦其倾矣。"既乡校不毁，而郑国以理[⑧]。

在周之兴，养老乞言，及其已衰，谤者使监[⑨]，成败之迹，昭哉可观。维是子产，执政之式，维

---

① 子产，名侨，郑穆公之孙，子国之子，相郑为政，有声。乡校，乡之学校。郑人游乡校以论执政，然明令毁之，子产不从，事见《左传·襄公三十一年》。
② 伊，惟。
③ 或无"之"字。
④ 嚣嚣，多言貌。
⑤ 否，恶也，善恶亦言臧否。
⑥ 子产答然明，有禁言论如防川之语，亦见《左传》。
⑦ 《穀梁》文六年："上塞则下闇，下闇则上聋。"
⑧ 理，治。
⑨ 周末，厉王在位，虐，国人谤之，王怒；得卫巫，使监谤者，三年，国人逐王。监，视也。

其不遇，化止一国。诚率是道①，相天下君，交畅旁达，施及无垠②。於虖！四海所以不理③，有君无臣，谁其嗣之，我思古人④！

后汉三贤赞

王充者何？会稽上虞⑤。本自元城，爰来徙居⑥。师事班彪⑦，家贫无书，阅书于肆，市肆是游，一见诵忆，遂通众流⑧。闭门潜思，《论衡》以修⑨。为州治中，自免归欤⑩。同郡友人，谢姓夷吾，上书

---

① 率，循。
② 施，yì，延也。垠，yín，界限。
③ "理"后或有"者"字。
④ 或谓德宗末年，信佞人，不恤人言，此文盖有为而作云。
⑤ 王充，字仲任。会稽，秦置郡，今江苏东部、浙江西部皆其地。上虞，汉县，故城在今浙江省绍兴市上虞区西。
⑥ 元城，汉县，清时与大名同为直隶大名府治，今废入河北大名县，充之先本元城人，父诵，徙上虞。
⑦ 班彪，字叔皮，作《前汉书》未成，子固续成之。
⑧ 充游洛阳市肆，阅所卖书，一见即能诵忆，遂通众流百家之言。
⑨ 充以俗儒守文失真，乃闭门潜思，著文八十五篇，二十余万言，名曰《论衡》。
⑩ 治中，汉官，州刺史之佐吏，居中治事，主众曹文书，故称。刺史董勤辟充为从事，转治中，充自免还家。

颂赞

荐之,待诏公车①,以病不行,年七十余,乃作《养性》,一十六篇②。肃宗之时③,终于永元④。

王符节信,安定临泾⑤。好学有志,为乡人所轻⑥。愤世著论,《潜夫》是名⑦,《述赦》之篇,以赦为贼,良民之甚,其旨甚明⑧。皇甫度辽,闻至乃惊,衣不及带,屣履出迎;岂若雁门,问雁呼卿⑨。不仕终家,吁嗟先生⑩!

---

① 公车,署名,公车所在,诸待诏者皆居以待命;盖汉时应征者,皆由公家以车递送也。夷吾荐充才学,肃宗特诏公车征。
② 充年渐七十,志力衰耗,乃作《养性书》十六篇,节欲颐养。
③ 肃宗,后汉章帝名烜,光武孙,明帝子。
④ 永元,肃宗年号。充于永元中病卒。
⑤ 王符,字节信。安定,汉置郡,地在今甘肃。临泾,汉县,为后汉安定郡治,故城在今甘肃镇原县西。
⑥ 安定俗鄙庶孽,而符无外家,乡人贱之。
⑦ 符隐居著书三十六篇,以讥当时得失,不欲章显其名,故曰《潜夫论》。
⑧ 《潜夫论·述赦》曰:"今日贼良民之甚者,莫大于数赦,赦赎数,则恶人昌而善人伤矣。"
⑨ 皇甫规曾为度辽将军,故称皇甫度辽。规解官归安定,乡人有以货得雁门守者,谒规,规卧不起,既入而问:"卿前在郡食雁美乎?"有顷,又白符在门,规闻之,惊起,衣不及带,屣履出迎,援其手而入,与共坐甚欢。
⑩ 符竟不仕而卒。

韩愈文

仲长统公理,山阳高平①。谓高幹有雄志而无雄才,其后果败。以此有声②,俶傥敢言③,语默无常④,人以为狂生。州郡会召,称疾不就,著论见情。初举尚书郎⑤,后参丞相军事⑥,卒不至于荣。论说古今,发愤著书,《昌言》是名⑦。友人缪袭⑧,称其文章,足继西京⑨。四十一终,何其短邪,呜呼先生!

---

① 仲长统,字公理。山阳,汉郡,景帝分梁郡置,在今河南。高平,汉时侯国。
② 统年二十余,游学青、徐、并、汝之间,并州刺史高幹素贵有名,士多归附,统独谓幹曰:"君有雄志而无雄才。"后幹果败,人以是异之。
③ 俶,同"倜"。傥,卓异之意。
④ 默,不语。
⑤ 尚书郎,属于尚书之郎官也;后汉之尚书职权甚重。尚书令荀彧奇统,举为郎。
⑥ 参丞相曹操军事也。
⑦ 昌言,当言也,著论名《昌言》,凡三十四篇。
⑧ 缪袭,字熙伯,官至尚书、光禄勋。
⑨ 袭称统文足继西京之董仲舒、贾谊、刘向、扬雄。

传记

圬者王承福传①

圬之为技,贱且劳者也。有业之其色若自得者。听其言,约而尽。问之,王其姓,承福其名,世为京兆长安农夫②。天宝之乱,发人为兵③,持弓矢十三年,有官勋④。弃之来归,丧其土田,手镘衣食⑤。余

---

① 圬,wū;圬者,涂壁之人,俗所称泥水匠。
② 京兆,为汉三辅之一,今陕西西安及其附近所属地区,魏以后,建为郡。长安,唐都,故城在今陕西省西安市长安区西北。
③ 天宝,唐玄宗年号。天宝十四年,安禄山反,因出内府钱帛,于京师募兵十一万,旬日而集,皆市井子弟也。人,即民,以避太宗讳改。
④ 勋,谓柱国护军之类。
⑤ 手,操持。镘,màn,圬具。言执镘以为衣食。

三十年，舍于市之主人，而归其屋食之当焉①。视时屋食之贵贱，而上下其圬之佣以偿之，有余，则以与道路之废疾饿者焉。又曰：粟，稼而生者也②，若布与帛，必蚕绩而后成者也，其他所以养生之具，皆待人力而后完也，吾皆赖之；然人不可遍为③，宜乎各致其能以相生也。故君者，理我所以生者也④；而百官者，承君之化者也。任有小大，惟其所能，若器皿焉。食焉而怠其事，必有天殃，故吾不敢一日舍镘以嬉。夫镘，易能可力焉⑤，又诚有功，取其直⑥，虽劳无愧，吾心安焉；夫力，易强而有功也，心，难强而有智也，用力者使于人，用心者使人，亦其宜也，吾特择其易为而无愧者取焉。嘻！吾操镘以入贵富之家有年矣，有一至者焉，又往过之，则为墟矣⑦，有再至三至者焉，而往过之，则为墟矣；问之其邻，或曰："噫！刑戮

---

① 屋食，屋租。当，dàng，谓所当之值。
② 稼，种。
③ 遍为，一一为之。
④ 理，即治也。
⑤ 可力，可致力也。
⑥ 直，同"值"。
⑦ 墟，丘墟。

也。"或曰:"身既死而其子孙不能有也。"或曰:"死而归之官也。"吾以是观之,非所谓食焉怠其事而得天殃者邪!非强心以智而不足,不择其才之称否而冒之者邪!非多行可愧,知其不可而强为之者邪!将贵富难守,薄功而厚飨之者邪?抑丰悴有时①,一去一来,而不可常者邪?吾之心悯焉②,是故择其力之可能者行焉。乐富贵而悲贫贱,我岂异于人哉!又曰:功大者,其所以自奉也博。妻与子,皆养于我者也,吾能薄而功小,不有之可也③。又吾所谓劳力者④,若立吾家而力不足,则心又劳也。一身而二任焉⑤,虽圣者不可能也。

愈始闻而惑之,又从而思之,盖贤者也!盖所谓独善其身者也⑥!然吾有讥焉,谓其自为也过多⑦,其为人也过少,其学杨朱之道者邪⑧?杨之道,不

---

① 悴,cuì;丰悴,犹盛衰也。
② 悯,哀怜。
③ 不有之,谓独身不家。
④ 句末一有"也"字。
⑤ 二任,心力兼劳。
⑥ 《孟子·尽心上》:"穷则独善其身。"
⑦ 为,wèi;下同。
⑧ 杨朱,战国时人,倡为我之说,孟子斥为无君。

肯拔我一毛而利天下①,而夫人以有家为劳心②,不肯一动其心以畜其妻子,其肯劳其心以为人乎哉!虽然,其贤于世之患不得之而患失之者③,以济其生之欲,贪邪而亡道,以丧其身者,其亦远矣!又其言有可以警余者,故余为之传而自鉴焉。

燕喜亭记④

太原王弘中在连州⑤,与学佛人景常、元慧游⑥。异日,从二人者行于其居之后,丘荒之间,上高而望,得异处焉。斩茅而嘉树列⑦,发石而清泉激,茀粪壤,燔椔翳⑧,却立而视之,出者突然成丘,陷者呀然成谷⑨,

---

① 《孟子·尽心上》:"杨子取为我,拔一毛而利天下,不为也。"
② 夫人,犹彼也。
③ 《论语·阳货》:"子曰:'鄙夫可与事君也欤哉,其未得之也,患得之,既得之,患失之。'"
④ 燕,一本作"宴";燕喜亭在连州,愈时为阳山令,阳山于连为属邑。
⑤ 王弘中,名仲舒。连州,唐置,今为连县,属于广东省。弘中时贬连州司户。
⑥ "佛"字后或有"之"字,"慧"字后或有"者"字。元慧姓陆,景常则不详。
⑦ 嘉,美、善。嘉树,美善之树。
⑧ 燔,或作"焚"。木立死曰椔,自毙曰翳。
⑨ 呀,xiā;呀然,口张貌。

洼者为池①,而缺者为洞,若有鬼神异物阴来相之②。自是弘中与二人者晨往而夕忘归焉。乃立屋以避风雨寒暑③。

既成,愈请名之。其丘曰俟德之丘,蔽于古而显于今,有俟之道也④。其石谷曰谦受之谷⑤,瀑曰振鹭之瀑⑥,谷言德,瀑言容也。其土谷曰黄金之谷,瀑曰秩秩之瀑⑦,谷言容,瀑言德也。洞曰寒居之洞,志其入时也。池曰君子之池,虚以钟其美,盈以出其恶也⑧。泉之源曰天泽之泉,出高而施下也。合而名之以屋曰燕喜之亭,取《诗》所谓"鲁侯燕喜"者颂也⑨。于是州民之老闻而相与观焉⑩,曰:"吾州之

---

① 洼,wā,低陷之处。
② 相,xiàng,助。
③ 避,或作"御"。"雨"后或有"御"字。
④ "俟"后或有"德"字。
⑤ 《书·大禹谟》:"满招损,谦受益。"
⑥ 《诗·鲁颂·有駜》:"振振鹭,鹭于飞。"振振,群飞貌。
⑦ 秩秩,有常德也。
⑧ 恶,秽浊。
⑨ 《诗·鲁颂·閟宫》:"鲁侯燕喜,令妻寿母。"燕,通"宴",言燕饮而有喜也。者颂,或作"颂者"。
⑩ "州民之老闻而"六字一作"州民之闻者"。

韩愈文

山水名天下①,然而无与燕喜者比;经营于其侧者相接也,而莫直其地②;凡天作而地藏之以遗其人乎!"

弘中自吏部郎贬秩而来③,次其道途所经,自蓝田入商、洛④,涉浙、湍⑤,临汉水⑥,升岘首以望方城⑦,出荆门⑧,下岷江⑨,过洞庭⑩,上湘水⑪,行衡山之下⑫,绿郴逾岭⑬,蝯狖所家⑭,鱼龙所宫,极幽遐瑰诡之观⑮,宜其于山水饫闻而厌见也⑯,今其意乃若不

---

① "名"后或有"于"字。
② 直,当也;一作"宜",又作"多"。
③ 弘中自吏部员外郎贬为连州司户,故或谓吏部郎当作吏部员外郎云。
④ 蓝田,山名,在陕西。"田"后或有"山"字。商、洛,二水名,皆在今河南。
⑤ 浙、湍,二水名,皆在今河南。
⑥ 汉水,源出陕西,经流至湖北入江。
⑦ 岘首、方城,二山名,在今湖北。
⑧ 荆门,山名,在湖北。
⑨ 岷江,源出岷山,山在四川。
⑩ 洞庭,湖名,在湖南。
⑪ 湘水,湖南巨川。
⑫ 衡山,在湖南,古称五岳之一,为南岳。
⑬ 郴,chēn,唐州,今为市,属湖南。岭,即常称之五岭,自湖南入广东,必逾此。
⑭ 狖,yòu,猴属。
⑮ 瑰,或作"瓌"。
⑯ 其,或作"乎"。

足。传曰:"智者乐水,仁者乐山①。"弘中之德,与其所好,可谓协矣!智以谋之,仁以居之,吾知其去是而羽仪于天朝也不远矣②。遂刻石以记。

画记

杂古今人物小画共一卷。

骑而立者五人;骑而被甲载兵立者十人③;一人骑执大旗前立;骑而被甲载兵行,且下牵者十人;骑且负者二人④;骑执器者二人;骑拥田犬者一人⑤;骑而牵者二人;骑而驱者三人;执羁靮立者二人⑥;骑而下,倚马臂隼而立者一人⑦;骑而驱涉者二人,徒而驱牧者二人⑧;坐而指使者一人;甲胄手弓矢铁钺植者七人⑨;甲胄执帜植者十人,负

---

① 语见《论语·雍也》。
② 《易·渐卦》:"鸿渐于陆,其羽可用为仪,吉。"以喻贤者登用作世表率。
③ 被,穿在身上。
④ 任在背曰负。
⑤ 田犬,猎犬。
⑥ 羁,马络头。靮,dí,缰绳。
⑦ 臂,臂持。隼,鹰属。
⑧ 徒,步行。
⑨ 胄,战士所冠,以御兵刃。手,执。铁,莝斫刀。钺,大斧。植,站立。

者七人①,偃寝休者二人②;甲胄坐睡者一人,方涉者一人,坐而脱足者一人,寒附火者一人③;杂执器物役者八人;奉壶矢者一人④;舍而具食者十有一人⑤;挹且注者四人⑥;牛牵者二人;驴驱者四人;一人杖而负者⑦;妇人以孺子载而可见者六人,载而上下者三人⑧;孺子戏者九人;凡人之事三十有二,为人大小百二十有三,而莫有同者焉。

马,大者九匹;于马之中,又有上者,下者⑨,行者,牵者,涉者,陆者⑩,翘者⑪,顾者,鸣者,寝者,讹者⑫,立者,人立者,龁者⑬,饮者,溲者,陟者⑭,降者,

---

① 负,背倚。
② 偃,息。寝,卧。偃寝休,犹言偃寝以休。
③ 附,近。
④ 奉,通捧。壶矢,投壶之矢。
⑤ 舍,居屋下也。具,或作"且"。
⑥ 挹,酌。注,灌。
⑦ 负,交手于背。本句一说"一人"二字疑在句末;一本无"者"字。
⑧ 上下,谓上下车也。此句亦指妇人言。
⑨ 上,在上也。下,在下也。
⑩ 陆,跳跃貌,《庄子·马蹄》:"翘足而陆。"
⑪ 翘,举足。
⑫ 讹,动。
⑬ 龁,hé,啮草。
⑭ 陟,登。

痒磨树者,嘘者,嗅者,喜相戏者,怒相踶啮者①,秣者②,骑者,骤者③,走者④,载服物者,载狐兔者:凡马之事二十有七,为马大小八十有三,而莫有同者焉。

牛大小十一头。橐驼三头。驴如橐驼之数,而加其一焉。隼一。犬羊狐兔麋鹿共三十⑤。旃车三两⑥。杂兵器弓矢旌旗刀剑矛楯弓服矢房甲胄之属⑦,缾盂簦笠筐筥锜釜饮食服用之器⑧,壶矢博弈之具,二百五十有一,皆曲极其妙。

贞元甲戌年⑨,余在京师,甚无事。同居有独孤生申叔者⑩,始得此画;而与余弹棋⑪,余幸胜而获焉。

---

① 踶,dì,踢。啮,niè,噬,咬。以上皆空马。
② 秣,饲马。此句以下为骑载。
③ 骤,马疾步。
④ 走,人走之。
⑤ 麋,见《获麟解》。
⑥ 旃,曲柄之旗。车载旃,故曰旃车。两,车数。
⑦ 旌,谓析羽注于氂首。楯,dùn,武器,所以扞身蔽目。弓服,弓衣。矢房,盛矢之袋。
⑧ 缾,同瓶,汲水器。盂,盛饮食之器。雨具有柄曰簦,无柄曰笠。竹器方曰筐,圆曰筥;筥,jǔ。釜三足曰锜,无足曰釜。
⑨ 贞元甲戌年,即贞元十年。
⑩ 独孤申叔,字子重。
⑪ 弹棋,古游戏之具,其局方二尺,中心高如覆盂,其巅为小壶,四角微隐起。

意甚惜之^①,以为非一工人之所能运思,盖藂集众工人之所长耳^②,虽百金不愿易也。明年,出京师,至河阳^③,与二三客论画品格,因出而观之。座有赵侍御者,君子人也,见之,戚然若有所感〔然〕;少而进曰:"噫!余之手模也,亡之且二十年矣!余少时,常有志乎兹事,得国本^④,绝人事而模得之,游闽中而丧焉,居闲处独,时往来余怀也;以其始为之劳而夙好之笃也^⑤。今虽遇之,力不能为已!且命工人存其大都焉。"余既甚爱之,又感赵君之事,因以赠之;而记其人物之形状与数而时观之,以自释焉。

蓝田县丞厅壁记^⑥

丞之职,所以贰令^⑦,于一邑无所不当问。其下主簿、尉,主簿、尉乃有分职。丞位高而偪,例以

---

① 惜,爱惜。
② 藂,"丛"之俗字。
③ 河阳,地名,今河南孟州有河阳故城。
④ 国,或作"故"。
⑤ 夙,平素,向来。
⑥ 蓝田县,今属陕西省。
⑦ 贰,副,居次要地位的。

传记

嫌,不可否事①。文书行,吏抱成案诣丞,卷其前,钳以左手,右手摘纸尾,雁鹜行以进,平立睨丞曰②:"当署③!"丞涉笔占位署,惟谨④,目吏问可不可,吏曰:"得。"则退,不敢略省⑤,漫不知何事⑥。官虽尊,力势反出主簿、尉下。谚数慢,必曰丞⑦,至以相訾謷⑧。丞之设,岂端使然哉⑨!

博陵崔斯立⑩,种学绩文,以蓄其有,泓涵演迤⑪,日大以肆。贞元初,挟其能,战艺于京师,再进,再屈于人⑫。元和初,以前大理评事言得失黜官⑬;再转而为丞兹邑。始至,喟曰:"官无卑,顾

---

① 不可否事,遇事不得可否也。
② 睨,nì,斜视。
③ 署,题名画诺也。
④ 涉笔,犹动笔;涉,或作"濡"。占位,言占所书名之地,丞书名在令之下,簿尉之上。
⑤ 略省,稍省视也。
⑥ 漫,茫昧之意。
⑦ 言谚语历数内外官之散慢者,必以丞为首也。
⑧ 謷,不省语也。言甚至引丞之不省为謷议。
⑨ 端,始。
⑩ 博陵,唐郡,今河北定州市。崔斯立,字立之。
⑪ 泓涵演迤,言其学之广博。
⑫ 屈于人,屈人也;斯立以贞元四年进士第。
⑬ 大理,大理寺,掌刑法,为卿,评事其属官也。

材不足塞职。"既噤不得施用,又喟曰:"丞哉!丞哉!余不负丞,而丞负余!"则尽枿去牙角①,一蹑故迹②,破崖岸而为之③。丞厅故有记,坏漏污不可读,斯立易桷与瓦④,墁治壁⑤,悉书前任人名氏。庭有老槐四行,南墙巨竹千梃,俨立若相持,水㶁㶁循除鸣⑥,斯立痛扫溉,对树二松,日哦其间⑦。有问者,辄对曰:"余方有公事,子姑去!"

考功郎中知制诰韩愈记⑧。

---

① 枿,niè,伐木余也,此处做动词用。牙角,皆显露之物,用《诗·召南·行露》章典。尽去牙角,言戢敛也。
② 蹑,niè,轻步踵人后也。故迹,犹言旧例。
③ 破崖岸,谓改去不和易之性。
④ 桷,见《进学解》注。
⑤ 墁,泥。谓泥治厅壁。
⑥ 㶁㶁,huò huò,水声。循,顺着、沿着。除,庭阶。
⑦ "日"后或有"吟"字。
⑧ 考功,官名,掌官吏考课黜陟,其长为郎中。知制诰,官名,唐翰林学士入学士院一岁,则迁此官,专掌内命,典纶诰,为清要之职。

书

与孟东野书①

与足下别久矣,以吾心之思足下,知足下悬悬于吾也。各以事牵,不可合并,其于人人②,非足下之为见,而日与之处,足下知吾心乐否也?吾言之而听者谁欤?吾唱之而和者谁欤?言无听也,唱无和也,独行而无徒也,是非无所与同也,足下知吾心乐否也?

足下才高气清,行古道,处今世,无田而衣食,事亲左右无违,足下之用心勤矣!足下之处身,劳

---

① 孟东野,名郊,贞元进士,长于诗。
② 人人,犹言众人。

且苦矣！混混与世相浊①，独其心追古人而从之，足下之道，其使吾悲也！

去年春，脱汴州之乱，幸不死②，无所于归③，遂来于此；主人与吾有故④，哀其穷，居吾于符离睢上⑤。及秋，将辞去，因被留以职事⑥。默默在此，行一年矣。到今年秋⑦，聊复辞去。江湖，余乐也，与足下终幸矣。

李习之娶吾亡兄之女⑧，期在后月，朝夕当来此。张籍在和州居丧⑨，家甚贫，恐足下不知，故具此白，冀足下一来相视也。自彼至此，虽远，要皆舟行可至⑩，速图之，吾之望也！

春且尽，时气向热，惟侍奉吉庆！愈眼疾比

---

① 随波逐流之意。
② 汴州，今河南开封。贞元十五年二月，愈从董晋丧出汴州，四日而军乱，杀留后陆长源。
③ 于，或作"与"。
④ 主人，徐州节度使张建封。
⑤ 符离，今安徽宿州。睢，水名。董晋既殁，愈去依张建封。
⑥ 建封辟愈为幕职。
⑦ 今年秋，贞元十六年秋。
⑧ 李习之，名翱。亡兄，名弇，仲卿子。
⑨ 张籍，见《张中丞传后叙》。和州，北齐州，在安徽。
⑩ 东野时居湖州。

剧，甚无聊，不复一一。愈再拜。

答窦秀才书①

愈白：愈少驽怯，于他艺能，自度无可努力，又不通时事，而与世多龃龉，念终无以树立，遂发愤笃专于文学；学不得其术，凡所辛苦而仅有之者，皆符于空言，而不适于实用，又重以自废；是故学成而道益穷，年老而智愈困。今又以罪黜于朝廷，远宰蛮县②，愁忧无聊，瘴疠侵加，喘喘焉无以冀朝夕③。

足下年少才俊，辞雅而气锐，当朝廷求贤如不及之时，当道者又皆良有司，操数寸之管，书盈尺之纸，高可以钓爵位，循次而进，亦不失万一于甲科④；今乃乘不测之舟，入无人之地，以相从问文章为事，身勤而事左⑤，辞重而请约，非计之得也。虽

---

① 窦秀才，名存亮。
② 贞元十九年，愈以言事出为阳山令，阳山，今为广东县。
③ 喘喘，气逆而息急。
④ 甲科，指名第居前。
⑤ 左，不便。

使古之君子，积道藏德，遁其光而不曜，胶其口而不传者，遇足下之请恳恳①，犹将倒廪倾囷②，罗列而进也，若愈之愚不肖，又安敢有爱于左右哉！顾足下之能，足以自奋，愈之所有，如前所陈，是以临事愧耻而不敢答也。钱财不足以贿左右之匮急，文章不足以发足下之事业，稛载而往，垂橐而归③，足下亮之而已！愈白。

答尉迟生书④

愈白尉迟生足下：夫所谓文者，必有诸其中，是故君子慎其实。实之美恶，其发也不掩，本深而末茂，形大而声宏，行峻而言厉，心醇而气和，昭晰者无疑⑤，优游者有余；体不备，不可以为成人，辞不足，不可以为成文。愈之所闻者如是，有问于愈者，亦以是对。今吾子所为皆善矣，谦谦然若不

---

① 请，或作"情"。
② 廪，藏米之处。囷，qūn，廪之圆者。
③ 稛，kǔn，收拾。橐，tuó，囊，袋子。《管子·小匡》：诸侯之使，垂橐而入，稛载而归。愈时远宰蛮县，故反其语，言无所得也。
④ 尉，yù；尉迟生，名汾。
⑤ 昭晰，清楚、明白。

足，而以征于愈，愈又敢有爱于言乎①！

抑所能言者，皆古之道，古之道，不足以取于今，吾子何其爱之异也②？贤公卿大夫，在上比肩③，始进之贤士，在下比肩，彼其得之，必有以取之也④。子欲仕乎？其往问焉，皆可学也。若独有爱于是，而非仕之谓，则愈也尝学之矣，请继今以言！

答崔立之书⑤

斯立足下：仆见险不能止，动不得时，颠顿狼狈，失其所操持，困不知变，以至辱于再三，君子小人之所悯笑，天下之所背而驰者也。足下犹复以为可教，贬损道德，乃至手笔以问之，扳援古昔⑥，

---

① 又，一作"岂"。
② 何其，一作"其何"。
③ 比肩，谓肩相并，指人多。
④ 言彼公卿士大夫必有其取得之道。
⑤ 崔立之，即崔斯立，见《蓝田县丞厅壁记》注。时愈已登进士第，而三试吏部不售，因不得命官，立之乃遗愈书，比之献玉者，故愈以是复。
⑥ 扳，pān；扳援，犹援引。

辞义高远，且进且劝，足下之于故旧之道得矣，虽仆亦固望于吾子，不敢望于他人者耳。然尚有似不相晓者，非故欲发余乎！不然，何子之不以丈夫期我也？不能默默，聊复自明。

仆始年十六七时，未知人事，读圣人之书，以为人之仕者，皆为人耳，非有利乎己也。及年二十时，苦家贫，衣食不足，谋于所亲，然后知仕之不唯为人耳。及来京师，见有举进士者，人多贵之，仆诚乐之，就求其术，或出礼部所试赋诗策等以相示①，仆以为可无学而能，因诣州县求举；有司者好恶出于其心，四举而后有成，亦未即得仕。闻吏部有以博学宏辞选者②，人尤谓之才，且得美仕，就求其术，或出所试文章，亦礼部之类，私怪其故，然犹乐其名，因又诣州府求举；凡二试于吏部，一既得之，而又黜于中书③，虽不得仕，人或谓之能焉。

---

① 礼部，官署名，掌礼秩及学校贡举之法。
② 吏部，官署名，掌中外文职铨叙勋阶黜陟之政。博学宏辞，当时制科名，所以考拔淹博能文之士。
③ 中书与尚书门下并称三省，三省之长，皆为宰相，唐初之制然也。此言吏部试业已得售，而又为宰相所黜也。

退自取所试读之，乃类于俳优者之辞①，颜忸怩而心不宁者数月②。既已为之，则欲有所成就，《书》所谓"耻过作非"者也③。因复求举，亦无幸焉，乃复自疑，以为所试与得之者不同其程度，及得观之，余亦无甚愧焉。夫所谓博学者，岂今之所谓者乎？夫所谓宏辞者，岂今之所谓者乎？诚使古之豪杰之士，若屈原、孟轲、司马迁、相如、扬雄之徒，进于是选，必知其怀惭乃不自进而已耳；设使与夫今之善进取者，竞于蒙昧之中，仆必知其辱焉。然彼五子者，且使生于今之世，其道虽不显于天下，其自负何如哉！肯与夫斗筲者决得失于一夫之目④，而为之忧乐哉！

故凡仆之汲汲于进者⑤，其小得，盖欲以具裘葛，养穷孤，其大得，盖欲以同吾之所乐于人耳，其他可否，自计已熟，诚不待人而后知；今足下乃复比

---

① 俳优者，优伶奏杂戏之人。
② 忸怩，niǔ ní，惭色，《书·五子之歌》："颜厚有忸怩。"
③ 《书·说命》："无耻过作非。"言耻过误而遂己之非也。
④ 筲，shāo，竹器，容一斗二升。《论语·子路》："斗筲之人，何足算也。"喻其细微。
⑤ 汲汲，急貌。

之献玉者，以为必俟工人之剖，然后见知于天下，虽两刖足不为病①，且无使勍者再克②，诚足下相勉之意厚也。然仕进者岂舍此而无门哉③？足下谓我必待是而后进者④，尤非相悉之辞也。仆之玉固未尝献，而足固未尝刖，足下无为为我戚戚也！方今天下风俗，尚有未及于古者，边境尚有被甲执兵者，主上不得怡，而宰相以为忧，仆虽不贤，亦且潜究其得失，致之乎吾相，荐之乎吾君，上希卿大夫之位，下犹取一障而乘之⑤；若都不可得，犹将耕于宽闲之野，钓于寂寞之滨，求国家之遗事，考贤人哲士之终始⑥，作唐之一经，垂之于无穷，诛奸谀于既死，发潜德之幽光⑦；二者将必有一可。足下以为仆之玉凡几献，而足凡几刖

---

① 卞和得玉璞，献之楚厉王，玉人曰："石也。"王以和为诳，刖其左足，王殁，又献武王，玉人又曰："石也。"刖其右足，文王立，和抱璞而哭于郊，王使玉人攻之，果得宝玉。
② 此为崔书中语。勍，强大。
③ 言仕进有他法，不必专待博学宏辞之考拔。
④ 进，或作"振"。
⑤ 汉武帝时，使狄山居一障以御寇，匈奴斩山头而去；障，塞上要险处，别筑为城，置吏士以障蔽也，乘，谓登而守之。此段志在立功。
⑥ "之"后或有"所"字。
⑦ 谓欲作唐史。此段志在立言。

也?又所谓勋者果谁哉?再克之刑,信如何也?士固信于知己[1],微足下无以发吾之狂言。愈再拜。

答李翊书

六月二十六日,愈白李生足下:生之书辞甚高,而其问何下而恭也?能如是,谁不欲告生以其道!道德之归也有日矣,况其外之文乎[2]!抑愈所谓望孔子之门墙而不入于其宫者,焉足以知是且非邪。虽然,不可不为生言之。

生所谓立言者是也。生所为者,与所期者,甚似而几矣,抑不知生之志蕲胜于人而取于人邪[3]?将蕲至于古之立言者邪?蕲胜于人而取于人,则固胜于人而可取于人矣;将蕲至于古之立言者,则无望其速成,无诱于势利,养其根而俟其实[4],加其膏而希其光[5],根之茂者其实遂,膏之沃者其光

---

[1] 信,同"伸",或即作"伸"。
[2] 言道德之有所归宿也已久,况其外表之文乎。
[3] 蕲,与"祈"通。
[4] 俟,等待。
[5] 希,冀望。

晔①,仁义之人,其言蔼如也②。

抑又有难者,愈之所为,不自知其至犹未也。虽然,学之二十余年矣。始者,非三代、两汉之书不敢观,非圣人之志不敢存,处若忘,行若遗,俨乎其若思③,茫乎其若迷;当其取于心而注于手也,惟陈言之务去,戛戛乎其难哉④!其观于人,不知其非笑之为非笑也⑤。如是者亦有年,犹不改,然后识古书之正伪,与虽正而不至焉者,昭昭然白黑分矣,而务去之,乃徐有得也;当其取于心而注于手也,汩汩然来矣⑥;其观于人也,笑之则以为喜,誉之则以为忧⑦,以其犹有人之说者存也。如是者亦有年,然后浩乎其沛然矣⑧;吾又惧其杂也,迎而距

---

① 沃,美润之意。晔,光明。
② 蔼如,和顺貌。言仁义之人有涵养,故言语和顺。
③ 俨,庄貌。《礼记·曲礼上》:"俨若思。"
④ 戛戛,龃龉不凑合。
⑤ 言不知人之非笑为非笑。
⑥ 汩,gǔ;汩汩,水流貌。言如水之流至。
⑦ 笑之则知不谐于俗而能入古,故以为喜,誉之则犹为时人所识,其道必浅,故以为忧。
⑧ 浩乎,大貌。沛然,盛大流行貌。

之，平心而察之，其皆醇也，然后肆焉[1]。虽然，不可以不养也，行之乎仁义之途，游之乎《诗》《书》之源，无迷其途，无绝其源，终吾身而已矣。气，水也；言，浮物也；水大而物之浮者大小毕浮，气之与言犹是也，气盛则言之短长与声之高下者皆宜。虽如是，其敢自谓几于成乎[2]！虽几于成，其用于人也奚取焉！

虽然，待用于人者，其肖于器邪，用与舍属诸人[3]。君子则不然，处心有道，行己有方，用则施诸人，舍则传诸其徒，垂诸文而为后世法；如是者，其亦足乐乎，其无足乐也？有志乎古者希矣。志乎古，必遗乎今[4]，吾诚乐而悲之。亟称其人，所以劝之，非敢褒其可褒而贬其可贬也。问于愈者多矣，念生之言不志乎利，聊相为言之。愈白[5]。

---

① 肆，放开。
② 几，近。
③ 言待用于人者岂似器，必以人之用舍为进止乎。
④ 言必为今所遗。
⑤ 亟，qì，一再、多次。言志古而见弃于今之人，吾之亟称之者，所以奖劝之，非敢擅行褒贬世之人也。

韩愈文

与崔群书 ①

自足下离东都②,凡两度枉问③,寻承已达宣州④,主人仁贤,同列皆君子⑤,虽抱羁旅之念⑥,亦且可以度日,无入而不自得⑦。乐天知命者,固前修之所以御外物者也⑧,况足下度越此等百千辈,岂以出处近远,累其灵台邪⑨!宣州虽称清凉高爽,然皆大江之南,风土不并以北⑩,将息之道,当先理其心,心闲无事,然后外患不入,风气所宜,可以审备,小小者亦当自不至矣。足下之贤,虽在穷约,犹能不改其乐,况地至近,官荣禄厚,亲爱尽在左右者

---

① 崔群,字敦诗,清河人,与愈同年,又深相知。
② 唐时东都,今河南洛阳。
③ 两次枉书通问讯。
④ 言旋蒙示已达宣州。宣州,今安徽宣城。
⑤ 主人,谓崔衍,衍为宣歙观察使,群与李博等知名士,俱在幕府,群为判官。
⑥ 羁旅,旅客。
⑦ 语见《礼记·中庸》。
⑧ 前修,前哲。
⑨ 灵台,心,《庄子·庚桑楚》:"灵台者有持。"崔屈身幕府,意有不乐,故答书如此。
⑩ 言风土不得以北方比。

邪！所以如此云云者，以为足下贤者，宜在上位，托于幕府，则不为得其所，是以及之；乃相亲重之道耳，非所以待足下者也。

仆自少至今，从事于往还朋友间，一十七年矣，日月不为不久，所与交往相识者千百人，非不多，其相与如骨肉兄弟者，亦且不少，或以事同[①]，或以艺取，或慕其一善，或以其久故[②]，或初不甚知，而与之已密，其后无大恶，因不复决舍，或其人虽不皆入于善，而于己已厚，虽欲悔之，不可。凡诸浅者固不足道，深者止如此；至于心所仰服，考之言行而无瑕尤，窥之阃奥而不见畛域[③]，明白淳粹，辉光日新者，惟吾崔君一人！仆愚陋无所知晓，然圣人之书，无所不读，其精粗巨细，出入明晦，虽不尽识，抑不可谓不涉其流者也[④]，以此而推之，以此而度之，诚知足下出群拔萃，无谓仆何从而得之

---

① 所事相同也。
② 久故，犹旧故。
③ 阃，kǔn；阃奥，谓隐曲处。畛域，犹界限。
④ 涉其流，谓于各家曾有经历。

也^①！与足下情义，宁须言而后自明邪，所以言者，惧足下以为吾所与深者多，不置白黑于胸中耳^②。既谓能粗知足下，而复惧足下之不我知，亦过也。比亦有人说足下诚尽善尽美，抑犹有可疑者，仆谓之曰："何疑？"疑者曰："君子当有所好恶^③，好恶不可不明。如清河者，人无贤愚，无不说其善，伏其为人，以是而疑之耳^④。"仆应之曰："凤皇芝草，贤愚皆以为美瑞，青天白日，奴隶亦知其清明，譬之食物，至于遐方异味，则有嗜者，有不嗜者，至于稻也，粱也^⑤，脍也^⑥，炙也^⑦，岂闻有不嗜者哉！"疑者乃解。解不解，于吾崔君无所损益也。

自古贤者少，不肖者多，自省事已来^⑧，又见贤者

---

① 言无谓仆知足下为无根据。
② 言惧足下谓吾前所交诸深者甚多，其中黑白不辨也。
③ 言既为君子，有好之者，亦当有恶之者。
④ 言臭味相投者始相称引，崔而贤，自称于贤，乃愚者亦称之，则崔非愚乎？故不能无疑。
⑤ 粱，粟，谓之小米。
⑥ 切肉为脍。
⑦ 炙，燔肉。
⑧ 省事，犹言晓事。

书

恒不遇，不贤者比肩青紫①。贤者恒无以自存，不贤者志满气得，贤者虽得卑位，则旋而死，不贤者或至眉寿，不知造物者意竟如何，无乃所好恶与人异心哉？又不知无乃都不省记，任其死生寿夭邪？未可知也！人固有薄卿相之官，千乘之位，而甘陋巷菜羹者，同是人也，犹有好恶如此之异者，况天之与人，当必异其所好恶无疑也；合于天而乖于人，何害！况又时有兼得者邪②！崔君！崔君！无怠！无怠！

仆无以自全活者③，从一官于此，转困穷甚④，思自放于伊、颍之上⑤，当亦终得之⑥。近者尤衰惫，左车第二牙⑦，无故动摇脱去，目视昏花，寻常间便不分人颜色⑧，两鬓半白，头发五分亦白其一⑨，须亦有

---

① 比肩，见《答尉迟生书》注。青紫，指贵显，汉公侯之印绶紫，九卿之印绶青，故云。
② 言有时既合于天，又合于人。
③ 言仆亦无以自全活之人。
④ 时愈为国子四门博士，亦不得意，书中多感慨语，亦自写也。
⑤ 伊、颍，二水名，皆在今河南。
⑥ 言当亦终得放于伊、颍。
⑦ 左车，左面齿本所着骨。
⑧ 八尺曰寻。倍寻曰常。
⑨ 言发白五分之一。

一茎两茎白者;仆家不幸,诸父诸兄,皆康强早世,如仆者,又可以图于久长哉!以此忽忽①,思与足下相见,一道其怀。小儿女满前,能不顾念②,足下何由得归北来!仆不乐江南,官满便终老嵩下③,足下可相就,仆不可去矣。珍重自爱,慎饮食,少思虑,惟此之望!愈再拜。

与陈给事书④

愈再拜:愈之获见于阁下有年矣,始者亦尝辱一言之誉;贫贱也,衣食于奔走,不得朝夕继见。其后阁下位益尊,伺候于门墙者日益进,夫位益尊,则贱者日隔,伺候于门墙者日益进,则爱博而情不专;愈也,道不加修,而文日益有名,夫道不加修,则贤者不与,文日益有名,则同进者忌;始之以日隔之疏,加之以不专之望,以不与者之心,而听忌

---

① 忽忽,失意貌。
② 言不能不顾念。
③ 嵩,嵩山,五岳之一,在河南。
④ 陈给事,名京,字庆复,与愈同议禘祫,京以是自考功员外迁给事中,故称,其官属门下省,掌封驳制敕,以纠正其违失。

者之说，由是阁下之庭，无愈之迹矣。

去年春，亦尝一进谒于左右矣，温乎其容，若加其新也①，属乎其言②，若闵其穷也，退而喜也，以告于人。其后如东京取妻子③，又不得朝夕继见，及其还也，亦尝一进谒于左右矣，邈乎其容④，若不察其愚也，悄乎其言⑤，若不接其情也，退而惧也，不敢复进。今则释然悟，翻然悔曰：其邈也，乃所以怒其来之不继也，其悄也，乃所以示其意也；不敏之诛，无所逃避，不敢遂进，辄自疏其所以⑥。

并献近所为《复志赋》已下十首，为一卷，卷有标轴；《送孟郊序》一首⑦；生纸写⑧，不加装饰；皆有揩字注字处⑨，急于自解而谢，不能俟更写，阁下取其意而略其礼可也。愈恐惧再拜。

---

① 加，或疑作"嘉"。
② 属乎，连续。
③ 东京，又称东都，见《与崔群书》注。愈为四门博士谒告还东京。
④ 邈乎，不在意貌。
⑤ 悄乎，冷淡貌。
⑥ 疏，陈叙之意。
⑦ 即《送孟东野序》。
⑧ 唐时有生纸，有熟纸，生纸非有丧不用，愈急于自解，故不暇择。
⑨ 并赋序言，故曰皆。揩，涂抹。

韩愈文

与冯宿论文书①

辱示《初筮赋》②,实有意思。但力为之,古人不难到;但不知直似古人,亦何得于今人也。仆为文久,每自则意中以为好,则人必以为恶矣,小称意,人亦小怪之,大称意,即人必大怪之也。时时应事作俗下文字,下笔令人惭,及示人,则人以为好矣,小惭者,亦蒙谓之小好,大惭者,即必以为大好矣,不知古文直何用于今世也;然以俟知者知耳。

昔扬子云著《太玄》,人皆笑之③,子云之言曰④:"世不我知,无害也,后世复有扬子云,必好之矣。"子云死近千载,竟未有扬子云,可叹也!其时桓谭亦以为雄书胜《老子》⑤,《老子》未足道也,子云岂止与《老子》争强而已乎?此未为知

---

① 冯宿,字拱之,愈同年进士。
② 筮,一作"仕"。
③ 子云慕《周易》而草《太玄》,人多毁之,子云不以屑意。
④ 一本无"之言"二字。
⑤ 桓谭,字君山,仕光武为议郎,著有《新论》。

雄者。其弟子侯芭颇知之①，以为其师之书胜《周易》；然侯之他文，不见于世，不知其人果如何耳。以此而言，作者不祈人之知也明矣，直百世以俟圣人而不惑，质诸鬼神而不疑耳②。足下岂不谓然乎？

近李翱从仆学文③，颇有所得；然其人家贫多事，未能卒其业。有张籍者④，年长于翱，而亦学于仆，其文与翱相上下，一二年业之，庶几乎至也；然闵其弃俗尚而从于寂寞之道，以之争名于时也。久不谈，聊感足下能自进于此，故复发愤一道。愈再拜。

应科目时与人书⑤

月日，愈再拜：天池之滨⑥，大江之濆⑦，曰有

---

① 侯芭，钜鹿人，尝从雄居，受《太玄》《法言》。
② 二语见《礼记·中庸》。
③ 李翱，字习之，见《与孟东野书》注。
④ 张籍，见《张中丞传后叙》注。
⑤ 应科目时，即愈应博学宏辞科时。
⑥ 天池，海。
⑦ 濆，fén，水涯。

怪物焉，盖非常鳞凡介之品汇匹俦也①。其得水，变化风雨，上下于天，不难也；其不及水，盖寻常尺寸之间耳②，无高山大陵旷途绝险为之关隔也，然其穷涸不能自致乎水，为獱獭之笑者③，盖十八九矣。

如有力者哀其穷而运转之，盖一举手一投足之劳也；然是物也，负其异于众也，且曰：烂死于沙泥，吾宁乐之，若俛首帖耳④，摇尾而乞怜者，非我之志也：是以有力者遇之，熟视之若无睹也，其死其生，固不可知也。

今又有有力者当其前矣，聊试仰首一鸣号焉，庸讵知有力者不哀其穷而忘一举手一投足之劳而转之清波乎！其哀之，命也，其不哀之，命也，知其在命而且鸣号之者，亦命也。

愈今者实有类于是，是以忘其疏愚之罪，而有是说焉。阁下其亦怜察之！

---

① 介，有甲之虫。品汇匹俦，皆类也。
② 寻常，见《与崔群书》注。
③ 獱獭，biān tǎ，獱亦獭属，二者皆为水兽，食鱼。
④ 俛，同"俯"。

答刘正夫书[1]

愈白进士刘君足下：辱笺，教以所不及，既荷厚赐，且愧其诚然，幸甚！幸甚！凡举进士者[2]，于先进之门，何所不往，先进之于后辈，苟见其至，宁可以不答其意邪？来者则接之，举城士大夫，莫不皆然；而愈不幸，独有接后辈名[3]，名之所存，谤之所归也。

有来问者，不敢不以诚答。或问："为文宜何师？"必谨对曰："宜师古圣贤人。"曰："古圣贤人所为书具存，辞皆不同，宜何师？"必谨对曰："师其意，不师其辞。"又问曰："文宜易宜难[4]？"必谨对曰："无难易，惟其是〔尔如是〕而已矣。"非固开其为此，而禁其为彼也。夫百物朝夕所见者，人皆不注视也，及睹其异者，则共观而言之，夫文岂异于是乎！汉朝人莫不能为文，独司

---

① 正夫，一作"岩夫"，字子耕，登元和进士第。
② 或无"者"字。
③ 正夫为愈后辈。
④ 言宜于通达者，抑宜艰深者。

马相如、太史公、刘向①、扬雄为之最；然则用功深者，其收名也远，若皆与世沉浮，不自树立，虽不为当时所怪，亦必无后世之传也。足下家中百物，皆赖而用也，然其所珍爱者，必非常物，夫君子之于文，岂异于是乎！今后进之为文，能深探而力取之，以古圣贤人为法者，虽未必皆是，要若有司马相如、太史公、刘向、扬雄之徒出，必自于此，不自于循常之徒也。若圣人之道，不用文则已，用则必尚其能者；能者非他，能自树立不因循者是也。有文字来②，谁不为文，然其存于今者，必其能者也，顾常以此为说耳③。

愈于足下，忝同道而先进者，又常从游于贤尊给事④，既辱厚赐，又安得不进其所有以为答也；足下以为何如？愈白。

---

① 刘向，字子政，汉宗室，其文亦为后世所著称。
② 犹言有文字以来。
③ 常，或作"当"。
④ 贤尊给事，指正夫父伯刍，官给事，故称。

书

答陈商书①

愈白：辱惠书，语高而旨深，三四读尚不能通晓，茫然增愧赧；又不以其浅弊无过人知识，且喻以所守，幸甚！愈敢不吐情实。然自识其不足补吾子所须也。

齐王好竽②，有求仕于齐者，操瑟而往③，立王之门，三年不得入，叱曰："吾瑟鼓之，能使鬼神上下，吾鼓瑟，合轩辕氏之律吕④。"客骂之曰："王好竽，而子鼓瑟，虽工，如王不好何？"是所谓工于瑟而不工于求齐也。今举进士于此世，求禄利行道于此世，而为文必使一世人不好，得无与操瑟立齐门者比软？文虽工，不利于求，求不得，则怒且怨，不知君子必尔为不也？故区区之心，每有来访者，皆有意于不肖者也。略不辞让，遂尽言之，惟

---

① 陈商，字述圣。此系愈为国子先生时所作，商以文求益，答之如是。后元和九年，商登进士。
② 竽，笙类，三十六簧。
③ 瑟，琴类，二十五弦。
④ 轩辕氏，黄帝。帝命伶伦作律吕。

吾子谅察！愈白。

与孟尚书书①

愈白：行官自南回②，过吉州③，得吾兄二十四日手书，数番④，忻悚兼至。未审入秋来眠食何似？伏惟万福！

来示云，有人传愈近少信奉释氏⑤，此传之者妄也。潮州时⑥，有一老僧，号大颠，颇聪明，识道理，远地无可与语者，故自山召至州郭，留十数日，实能外形骸，以理自胜，不为事物侵乱；与之语，虽不尽解，要自胸中无滞碍；以为难得，因与来往。及祭神至海上，遂造其庐。及来袁州⑦，留衣服为别。乃人之情，非崇信其法，求福田利益也⑧。

---

① 孟尚书，名简，字几道，以其为工部尚书，故称。
② 唐节镇州府有行官，供行役于四方。
③ 吉州，今江西吉安。时简为吉州司马。
④ "数番"二字，一作"披读数番"。
⑤ 愈从潮僧大颠游，人疑其信佛，故简书与之；简本嗜佛者也。
⑥ 潮州，今广东潮州。愈以元和十四年，谏迎佛骨贬此。
⑦ 袁州，今江西宜春。愈以元和十四年冬自潮州移袁州。
⑧ 释氏以敬三宝之德为敬田，报君父之恩为恩田，怜贫者为悲田，此三种谓之福田。

孔子云："丘之祷久矣①。"凡君子行己立身，自有法度，圣贤事业，具在方册②，可效可师，仰不愧天，俯不愧人，内不愧心，积善积恶，殃庆自各以其类至③，何有去圣人之道，舍先王之法，而从夷狄之教，以求福利也！《诗》不云乎："恺悌君子，求福不回④。"《传》又曰："不为威惕，不为利疚⑤。"假如释氏能与人为祸祟，非守道君子之所惧也，况万万无此理。且彼佛者，果何人哉？其行事类君子邪？小人邪？若君子也，必不妄加祸于守道之人，如小人也，其身已死，其鬼不灵，天地神祇⑥，昭布森列，非可诬也，又肯令其鬼行胸臆，作威福于其间哉；进退无所据，而信奉之，亦且惑矣！

且愈不助释氏而排之者，其亦有说。孟子云："今天下不之杨，则之墨⑦。"杨墨交乱，而圣贤之

---

① 孔子病，子路请祷，孔子答以此语。
② 方册，书籍。
③ 或本无"自"字。
④ 《诗·大雅·旱麓》篇语。恺悌，和易。回，违背。
⑤ 《左传》哀公十六年、昭公二十年文。疚，心内惭也。
⑥ 地神曰祇。
⑦ 杨、墨，见《原道》注。

道不明，则三纲沦而九法斁①，礼乐崩而夷狄横，几何其不为禽兽也！故曰："能言拒杨、墨者，皆圣人之徒也②。"扬子云云："古者杨、墨塞路，孟子辞而辟之，廓如也③。"夫杨、墨行，正道废，且将数百年，以至于秦，卒灭先王之法，烧除其经④，坑杀学士⑤，天下遂大乱。及秦灭，汉兴且百年，尚未知修明先王之道，其后始除挟书之律⑥，稍求亡书，招学士；经虽少得，尚皆残缺，十亡二三，故学士多老死⑦，新者不见全经，不能尽知先王之事，各以所见为守，分离乖隔，不合不公，二帝三王群圣人之道，于是大坏。后之学者，无所寻逐，以至于今泯泯也⑧，其祸出于杨、墨肆行而莫之禁故也。孟子虽

---

① 三纲，君臣、父子、夫妇。沦，没。九法，九畴之法，谓治天下之大法，其类有九也。斁，dù，败坏。
② 亦孟子语。
③ 廓，大貌。
④ 秦始皇从李斯之请，烧《诗》《书》百家语。
⑤ 秦始皇坑杀诸生四百六十余人于咸阳。
⑥ 始皇下挟书之禁，禁私藏《诗》《书》百家语也，此律至汉惠帝四年始除去。
⑦ 故，旧。
⑧ 泯泯，犹茫茫。

贤圣，不得位，空言无施，虽切何补；然赖其言，而今学者尚知宗孔氏，崇仁义，贵王贱霸而已；其大经大法，皆亡灭而不救，坏烂而不收，所谓存十一于千百，安在其能廓如也！然向无孟氏，则皆服左衽而言侏离矣①，故愈尝推尊孟氏，以为功不在禹下者为此也。汉氏已来，群儒区区修补，百孔千疮，随乱随失，其危如一发引千钧②，绵绵延延，寖以微灭③。于是时也，而唱释、老于其间，鼓天下之众而从之，呜呼，其亦不仁甚矣！释老之害，过于杨、墨，韩愈之贤，不及孟子，孟子不能救之于未亡之前，而韩愈乃欲全之于已坏之后。呜呼，其亦不量其力，且见其身之危莫之救以死也！虽然，使其道由愈而粗传，虽灭死，万万无恨，天地鬼神，临之在上，质之在傍，又安得因一摧折，自毁其道以从于邪也！

籍、湜辈虽屡指教④，不知果能不叛去否！辱吾兄眷厚，而不获承命，惟增惭惧，死罪！死罪！愈再拜。

---

① 左衽，衣襟左交，夷服。侏离，蛮语声。
② 钧，古衡名，三十斤。
③ 寖，渐渐。
④ 籍、湜，指张籍、皇甫湜。

韩愈文

答吕䃎山人书①

愈白：惠书责以不能如信陵执辔者②。夫信陵，战国公子，欲以取士声势倾天下而然耳，如仆者，自度若世无孔子，不当在弟子之列。以吾子始自山出，有朴茂之美意，恐未砻磨以世事，又自周后文弊，百子为书，各自名家③，乱圣人之宗，后生习传，杂而不贯④，故设问以观吾子；其已成熟乎，将以为友也，其未成熟乎，将以讲去其非而趋是耳，不如六国公子有市于道者也⑤。方今天下入仕，惟以进士、明经及卿大夫之世耳⑥。其人率皆习熟时俗，工于语言，识形势，善候人主意；故天下靡靡⑦，日入于衰坏，恐不复振起，务欲进足下趋死不顾利害去就之

---

① 䃎，与"医"同。
② 魏昭王少子公子无忌，封为信陵君，好士，敬礼大梁夷门监者侯嬴，亲为之执辔。愈以师道接引后进，山人与书，谓当如信陵执辔，借宾客以自重。
③ 名家，以专家之学著名。
④ 贯，或作"实"。
⑤ 言非若六国公子欲以取士倾天下如市井交易之道，重利而忘义也。
⑥ 进士明经，皆唐取士之科名，以诗赋取者，谓之进士，以经义取者，谓之明经。
⑦ 靡靡，相随顺之意。

人于朝以争救之耳,非谓当今公卿间无足下辈文学知识也。不得以信陵比!

然足下衣破衣,系麻鞋,率然叩吾门①,吾待足下,虽未尽宾主之道,不可谓无意者。足下行天下,得此于人盖寡,乃遂能责不足于我,此真仆所汲汲求者②;议虽未中节,其不肯阿曲以事人者③,灼灼明矣④。方将坐足下三浴而三熏之⑤,听仆之所为,少安无躁⑥!愈顿首。

与鄂州柳中丞书⑦

淮右残孽,尚守巢窟⑧,环寇之师⑨,殆且十万,

① 率然,轻遽之意。
② 汲汲,欲速之意。
③ 阿曲,阿附曲从。
④ 灼灼,明貌。
⑤ 以香涂身曰熏。鲁归管仲于齐,及至,三熏三浴之,齐桓公亲迎诸郊。
⑥ 安,徐缓。
⑦ 鄂州,今湖北武汉市武昌区。柳中丞,名公绰,字宽,曾为御史中丞,故称。柳时为鄂岳观察使,诏令发兵五千隶安州刺史李听,助讨吴元济,公绰以为朝廷轻己书生,不知兵,请自行,许之,愈因与此书。
⑧ 唐宪宗时,申、光、蔡三州节度使吴少阳死,其子元济为逆,久而未平;其所据地在淮水之西,故曰淮右。
⑨ 言在贼寇周围之官兵。

瞋目语难①,自以为武人,不肯循法度,颉颃作气势,窃爵位自尊大者,肩相摩,地相属也;不闻有一人援枹鼓誓众而前者②,但日令走马来求赏给,助寇为声势而已。阁下书生也,《诗》《书》《礼》《乐》是习,仁义是修,法度是束。一旦去文就武,鼓三军而进之,陈师鞠旅③,亲与为辛苦,慷慨感激,同食下卒,将二州之牧④,以壮士气,斩所乘马,以祭蹀死之士⑤,虽古名将,何以加兹!此由天资忠孝,郁于中而大作于外,动皆中于机会,以取胜于当世,而为戎臣师⑥;岂常习于威暴之事,而乐其斗战之危也哉!

愈诚怯弱,不适于用,听于下风⑦,窃自增气,夸于中朝稠人广众会集之中⑧,所以羞武夫之颜,

---

① 语难,语言辨难。《庄子·说剑》:"瞋目而语难。"
② 枹,fú,鼓槌。
③ 《诗·小雅·采芑》篇语。二千五百人为师。五百人为旅。鞠,告诫。言陈列师旅而誓告之。
④ 二州,安州、黄州,岳鄂增领此二州。牧,官名,州曰牧,郡曰守。
⑤ 蹀,dì,踢。公绰所乘马蹀杀围人,公绰杀马以祭。
⑥ 戎臣,武臣。师,效法、学习。
⑦ 下风,在风之下向。言居下风而闻此,谦辞。
⑧ 中朝,指政府所在地。

令议者知将国兵而为人之司命者①，不在彼而在此也。临敌重慎，诫轻出入，良用自爱，以副见慕之徒之心，而果为国立大功也！幸甚！幸甚！不宣。愈再拜。

又一首

愈愚，不能量事势可否。比常念淮右以靡弊困顿三州之地②，蚋蚋蚁虫之聚③，感凶竖煦濡饮食之惠④，提童子之手坐之堂上⑤，奉以为帅，出死力以抗逆明诏，战天下之兵，乘机逐利，四出侵暴，屠烧县邑，贼杀不辜，环其地数千里，莫不被其毒，洛、汝、襄、荆、许、颍、淮、江，为之骚然⑥；丞相公卿士大夫，劳于图议，握兵之将，熊罴貙虎之士⑦，

---

① 将为人之司命，《孙子》语。
② 三州，见前篇注。
③ 蚋，ruì，形略似蜂，螫人。
④ 凶竖，谓少阳。煦，口中吐气。
⑤ 童子，吴元济，时年二十余耳。
⑥ 元济引兵屠舞阳，焚叶县，攻掠鲁山、襄城、汝州、许州、翟阳，被害者亘千余里。
⑦ 貙，chū，兽名，大如狗，文如狸。

畏懦蹴蹜①,莫肯杖戈为士卒前行者。独阁下奋然率先,扬兵界上,将二州之守②,亲出入行间,与士卒均辛苦,生其气势,见将军之锋颖,凛然有向敌之意,用儒雅文字章句之业,取先天下武夫,关其口而夺之气。愚初闻时,方食,不觉弃匕箸起立,岂以为阁下真能引孤军单进,与死寇角逐,争一旦侥倖之利哉?就令如是,亦不足贵,其所以服人心,在行事适机宜,而风采可畏爱故也。是以前状辄述鄙诚,眷惠手翰还答,益增欣悚。

夫一众人心力耳目,使所至如时雨③,三代用师,不出是道,阁下果能充其言,继之以无倦,得形便之地,甲兵足用,虽国家故所失地,旬岁可坐而得④,况此小寇,安足置齿牙间!勉而卒之,以俟其至,幸甚!

夫远征军士,行者有羁旅离别之思,居者有怨旷骚动之忧,本军有馈饷烦费之难,地主多姑息

---

① 蹴蹜,举足促迫。
② 二州,蕲州、黄州。
③ 二语谅来书云然。仁人之兵,如时雨之降,莫不喜悦,语见《荀子》。
④ 岁,或作"月",又作"序"。

书

形迹之患,急之则怨,缓之则不用命,浮寄孤悬,形势销弱,又与贼不相谙委①,临敌恐骇,难以有功;若召募土人,必得豪勇,与贼相熟,知其气力所极,无望风之惊,爱护乡里,勇于自战。征兵满万,不如召募数千,阁下以为何如?倪可上闻行之否②?计已与裴中丞相见③,行营事宜,不惜时赐示及,幸甚!不宣。愈再拜。

---

① 谙,熟悉。委,确知。
② 愈尝以此意状论淮西事宜。
③ 裴中丞,御史中丞裴度,时遣视淮西行营。

序

送孟东野序

大凡物不得其平则鸣。草木之无声，风挠之鸣①。水之无声，风荡之鸣。其跃也，或激之；其趋也，或梗之；其沸也，或炙之。金石之无声，或击之鸣。人之于言也亦然，有不得已者而后言，其歌也有思，其哭也有怀，凡出乎口而为声者，其皆有弗平者乎。

乐也者，郁于中而泄于外者也，择其善鸣者而假之鸣；金石丝竹匏土革木八者，物之善鸣者也。维天之于时也亦然，择其善鸣者而假之鸣；是故以

---

① 挠，náo，扰动。

序

鸟鸣春,以雷鸣夏,以虫鸣秋,以风鸣冬,四时之相推敚①,其必有不得其平者乎。其于人也亦然,人声之精者为言,文辞之于言,又其精也,尤择其善鸣者而假之鸣。

其在唐、虞,咎陶、禹,其善鸣者也,而假以鸣。夔弗能以文辞鸣,又自假于韶以鸣②。夏之时,五子以其歌鸣③。伊尹鸣殷。周公鸣周。凡载于《诗》《书》六艺,皆鸣之善者也。周之衰,孔子之徒鸣之,其声大而远,《传》曰:"天将以夫子为木铎。④"其弗信矣乎。其末也,庄周以其荒唐之辞鸣⑤。楚,大国也,其亡也,以屈原鸣⑥。臧孙辰⑦、孟轲、荀卿,以道鸣者也。杨朱、墨翟、管夷吾、晏婴、老聃、申不害、韩非、慎到、田骈、邹衍、尸

---

① 敚,古"夺"字。推敚,强取。
② 夔,舜之乐官。韶,舜乐。
③ 夏帝太康失德,其弟五人作歌以讽,《尚书》有《五子之歌》篇。
④ 语见《论语》。木铎,金口木舌,施政教时振以警众。言天将使振文教于天下。
⑤ 庄周著书名《庄子》,言多荒唐。荒唐,在此指广大,谓其言无根。
⑥ 屈原,楚忠臣,被谗见放,作《离骚》《九歌》。
⑦ 臧孙辰,鲁公族大夫。

佼、孙武、张仪、苏秦之属①,皆以其术鸣。秦之兴,李斯鸣之②。汉之时,司马迁、相如、扬雄,最其善鸣者也。其下魏、晋氏,鸣者不及于古,然亦未尝绝也;就其善者③,其声清以浮,其节数以急,其辞淫以哀,其志弛以肆,其为言也,乱杂而无章④,将天丑其德,莫之顾邪?何为乎不鸣其善鸣者也?

唐之有天下,陈子昂、苏源明、元结、李白、杜甫、李观,皆以其所能鸣⑤。其存而在下者,孟郊东野,始以其诗鸣,其高出魏、晋,不懈而及于古,其他浸淫乎汉氏矣⑥。从吾游者,李翱、张籍其尤也。三子者之鸣信善矣,抑不知天将和其声,而

---

① 申不害,法家之祖,为韩昭侯相,著有《申子》。韩非,韩国公子,善刑名之学,著书曰《韩非子》。昚,古"慎"字;昚到,在申韩前,善刑名,有书四十二篇。田骈,齐人,邹衍,燕人,皆善谈论。尸佼,鲁人,商君师之。孙武,吴人,有《孙子兵法》十三篇。
② 李斯,秦始皇相。
③ "善"后一有"鸣"字。
④ 章,法度。
⑤ 陈子昂,字伯玉,善属文,时承徐、庾遗风,至子昂始归雅正,海内皆推宗之,愈论文,在唐必首称子昂。苏源明,字弱夫,工文辞。元结,字次山,著有《次山集》。李观,字元宾,属文不袭前人,有文集行世。
⑥ 浸淫,以渐而入。

使鸣国家之盛邪？抑将穷饿其身，思愁其心肠，而使自鸣其不幸邪？三子者之命，则悬乎天矣。其在上也奚以喜，其在下也奚以悲，东野之役于江南也①，有若不释然者，故吾道其命于天者以解之。

送窦从事序②

逾瓯闽而南③，皆百越之地④，于天文，其次星纪⑤，其星牵牛⑥。连山隔其阴⑦，巨海敌其阳⑧，是维岛居卉服之民⑨，风气之殊，著自古昔。唐之有天下，号令之所加，无异于远近。民俗既迁，风气亦随，雪霜时降，疠疫不兴，濒海之饶⑩，固加于初，是以

---

① 东野时调昇州溧阳尉，溧阳，今江苏省溧阳市。
② 窦从事，名平，贞元五年进士，刺史佐吏称从事，平为赵植所署往广州，故称。
③ 瓯，故浙江温州。闽，故福建泉州。
④ 百越，种族名，古江浙闽粤之地，皆越族所居，谓之百越。
⑤ 星之躔舍曰次。星纪，星次名，与斗宿及牵牛星相当，于辰为丑，吴越之分野也。
⑥ 越地为牵牛、婺女之分野。
⑦ 连山，连州西南百五十里之黄连岭。阴，北。
⑧ 敌，当也；本或作"敞"，较长。阳，南。广州南临大海。
⑨ 维，或作"皆"。居，或作"夷"。卉服，草服，《书·禹贡》："岛夷卉服。"
⑩ 水厓曰濒。

人之之南海者①,若东西州焉。

皇帝临天下二十有二年,诏工部侍郎赵植为广州刺史②,尽牧南海之民。署从事扶风窦平③。平以文辞进,于其行也,其族人殿中侍御史牟④,合东都交游之能文者二十有八人,赋诗以赠之。于是昌黎韩愈嘉赵南海之能得人⑤,壮从事之答于知我⑥,不惮行之远也;又乐贻周之爱其族叔父,能合文辞以宠荣之,作《送窦从事少府平序》⑦。

送李愿归盘谷序⑧

太行之阳有盘谷⑨,盘谷之间,泉甘而土肥,

---

① 秦置南海郡,地跨今广东、广西两省。
② 皇帝,此处指德宗。德宗即位,年号称建中者四年,称兴元者一年,后称贞元。贞元十七年,以植充岭南节度使。
③ 扶风,今为陕西县。平,扶风人。殿中侍御史,居殿中,察非法。牟,字贻周,贞元二年进士。
④ 牟为东都留守判官。
⑤ 昌黎,唐县,故城在今河北省东北部。
⑥ 我,或作"己"。
⑦ 少府,县尉之别称。愈时自徐州休居东都。
⑧ 李愿,不详,或谓唐功臣李晟之子,乃名姓偶同,非是。盘谷,地名,在今河南济源市北。愿向居盘谷,官至武宁节度使,以罪去职,遂归隐不仕,愈因作序送之。
⑨ 太行,山名,连亘今河南、山西及河北界。阳,南。

序

草木藂茂,居民鲜少。或曰:"谓其环两山之间,故曰盘。"或曰:"是谷也,宅幽而势阻①,隐者之所盘旋。"友人李愿居之。

愿之言曰:"人之称大丈夫者,我知之矣:利泽施于人,名声昭于时;坐于庙朝,进退百官,而佐天子出令;其在外,则树旗旄②,罗弓矢,武夫前呵,从者塞途,供给之人,各执其物,夹道而疾驰;喜有赏,怒有刑;才畯满前③,道古今而誉盛德,入耳而不烦;曲眉丰颊,清声而便体④,秀外而惠中,飘轻裾⑤,翳长袖,粉白黛绿者⑥,列屋而闲居,妒宠而负恃,争妍而取怜:大丈夫之遇知于天子,用力于当世者之所为也,吾非恶此而逃之,是有命焉,不可幸而致也。穷居而野处,升高而望远,坐茂树以终日,濯清泉以自洁,采于山,美可茹⑦;

---

① 宅,居处。
② 旄,旗类,以牦牛尾注竿首,故名。
③ 畯,或作"俊"。
④ 便,安。
⑤ 裾,衣之前襟。
⑥ 黛,深青色。
⑦ 茹,食。

钓于水，鲜可食①，起居无时，惟适之安；与其有誉于前，孰若无毁于其后，与其有乐于身，孰若无忧于其心；车服不维②，刀锯不加，理乱不知，黜陟不闻；大丈夫不遇于时者之所为也，我则行之。伺候于公卿之门，奔走于形势之途，足将进而趑趄③，口将言而嗫嚅④，处秽污而不羞，触刑辟而诛戮，徼幸于万一，老死而后止者，其于为人贤不肖何如也？"

昌黎韩愈闻其言而壮之，与之酒而为之歌曰："盘之中，维子之宫。盘之土，可以稼⑤；盘之泉，可濯可沿⑥；盘之阻⑦，谁争子所。窈而深⑧，廓其有容；缭而曲⑨，如往而复。嗟盘之乐兮，乐且无殃⑩；

---

① 鲜，小鱼。
② 维，絷。
③ 趑趄，zī jū，行不进貌。
④ 嗫嚅，niè rú，不敢出口也。
⑤ 种禾曰稼。一作"维子之稼"。
⑥ 濯，瀚。沿，缘水而下也；一作"湘"，烹。
⑦ 阻，屈折。
⑧ 窈，深。
⑨ 缭，即绕曲之义。
⑩ 殃，或作"央"。

虎豹远迹兮，蛟龙遁藏；鬼神守护兮，呵禁不祥①；饮则食兮寿而康；无不足兮奚所望？膏吾车兮秣吾马②，从子于盘兮，终吾生以徜徉③。"

送董邵南序④

燕赵古称多感慨悲歌之士⑤。董生举进士，连不得志于有司，怀抱利器，郁郁适兹土，吾知其必有合也。董生勉乎哉！夫以子之不遇时，苟慕义强仁者皆爱惜焉⑥，矧燕赵之士出乎其性者哉！

然吾尝闻风俗与化移易，吾恶知其今不异于古所云邪⑦？聊以吾子之行卜之也。董生勉乎哉！吾因子有所感矣。为我吊望诸君之墓⑧，而观于其市复

---

① 呵禁，呵止之。不祥，谓鬼魅之属。
② 膏，以脂涂辖。秣，饲马。
③ 徜徉，逸荡。
④ 董邵南不得志而往河北，时河北诸镇多跋扈，愈不以董往为然，故作此讽其不去。
⑤ 指荆轲、高渐离等。
⑥ 强仁，勉强行仁。
⑦ 古所云，即指上文所云，所谓古称燕赵云云也。
⑧ 乐毅去燕之赵，赵封之观津，号曰望诸君。其墓在今河北邯郸。

有昔时屠狗者乎①?为我谢曰:"明天子在上,可以出而仕矣。②"

赠崔复州序③

有地数百里,趋走之吏,自长史司马已下数十人④,其禄足以仁其三族⑤,及其朋友故旧;乐乎心,则一境之人喜,不乐乎心,则一境之人惧;丈夫官至刺史亦荣矣!虽然,幽远之小民,其足迹未尝至城邑⑥,苟有不得其所,能自直于乡里之吏者鲜矣,况能自辨于县吏乎!能自辨于县吏者鲜矣,况能自辨于刺史之庭乎!由是刺史有所不闻,小民有所不宣⑦,赋有常而民产无恒,水旱疠疫之不期⑧,民之丰

---

① 高渐离为屠狗者,荆轲与相友善。
② 燕赵之士,夙性不屈,尚可出仕,则董之不必往,自意在言外。
③ 崔复州,名未详,以其为复州刺史,故称,一说,名讦,不知所本。唐复州治竟陵县,县故城在今湖北天门市西北。文为于顿重敛而作。
④ 长史司马,刺史之佐,唐制,每州刺史而下,长史一人,司马一人,其下有录事参军,六司参军,文学、医学博士等;刺史领使,且置副使、推官、衙官、将官等。
⑤ 仁,惠利。三族,父族、母族、妻族。
⑥ 城邑,郡邑。
⑦ 不宣,不得自宣达也。
⑧ 不期,不可期也。

约悬于州，县令不以言，连帅不以信①，民就穷而敛愈急，吾见刺史之难为也。

崔君为复州，其连帅则于公②。崔君之仁，足以苏复人，于公之贤，足以庸崔君③，有刺史之荣而无其难为者，将在于此乎！愈尝辱于公之知，而旧游于崔君，庆复人之将蒙其休泽也，于是乎言④。

送廖道士序⑤

五岳于中州⑥，衡山最远；南方之山，巍然高而大者以百数，独衡为宗。最远而独为宗，其神必灵。衡之南八九百里，地益高，山益峻，水清而益驶；其最高而横绝南北者岭⑦。郴之为州⑧，在岭之上，测

---

① 连帅，谓节度使。
② 于公，于𬱖，字允元，时为山南东道节度使，复州隶焉。
③ 庸，信用。
④ 文赠复州，实讽于公。
⑤ 愈自阳山徙江陵，道衡山而作。
⑥ 五岳，中岳嵩山、东岳泰山、西岳华山、北岳恒山及南岳衡山。中州，中土之意。
⑦ 岭，谓五岭。
⑧ 郴，今湖南郴州，唐为州。

其高下，得三之二焉①，中州清淑之气，于是焉穷；气之所穷，盛而不过，必蜿蟺扶舆，磅礴而郁积②。衡山之神既灵，而郴之为州，又当中州清淑之气，蜿蟺扶舆，磅礴而郁积，其水土之所生，神气之所感，白金水银丹砂石英钟乳③，橘柚之包④，竹箭之美⑤，千寻之名材⑥，不能独当也，意必有魁奇忠信材德之民生其间，而吾又未见也，其无乃迷惑溺没于老佛之学而不出邪？

廖师郴民，而学于衡山，气专而容寂，多艺而善游，岂吾所谓魁奇而迷溺者邪？廖师善知人，若不在其身，必在其所与游，访之而不吾告，何也？于其别，申以问之。

---

① 谓州得岭三之二的高度。
② 蜿蟺，盘屈摇动貌。扶舆，犹扶摇。磅礴，犹混同。一说，蜿蟺、扶舆、磅礴、郁积，皆气积之貌。
③ 白金，银。丹砂，朱砂。石英，矿物中宝石之类。钟乳，泉水由岩隙下滴，其所含石灰质日久而凝结，状如钟之乳，故名，又称石钟乳。
④ 包，裹。《书·禹贡》："厥包橘柚。"
⑤ 竹之小者曰箭。
⑥ 八尺曰寻。材，木材。

序

送王秀才序[①]

吾少时读《醉乡记》[②]，私怪隐居者无所累于世，而犹有是言[③]，岂诚旨于味邪[④]？及读阮籍、陶潜诗[⑤]，乃知彼虽偃蹇[⑥]，不欲与世接，然犹未能平其心，或为事物是非相感发。于是有托而逃焉者也[⑦]。若颜氏子操瓢与箪[⑧]，曾参歌声若出金石[⑨]，彼得圣人而师之，汲汲每若不可及[⑩]，其于外也固不暇，尚何曲糵之托而昏冥之逃邪[⑪]？吾又以为悲醉乡之徒

---

① 王秀才，名含。
② 《醉乡记》，隋末王绩所作。含，绩之子孙。
③ 《醉乡记》历言古来有欲至其地而未得，而己将往游云，本文言既为隐士，世皆不能累之，何故必欲往游。
④ 言岂真以酒味为甘。
⑤ 阮籍，字嗣宗，陶潜，一名渊明，字元亮，皆晋人，嗜酒工诗，放浪形骸。
⑥ 彼，指王绩。偃蹇，傲慢之意。
⑦ 因阮陶而推知王实心有不平，故托酒以逃。
⑧ 瓢，piáo，器名，剖瓠为之。箪，dān，竹器。《论语·雍也》："贤哉回也！一箪食，一瓢饮，在陋巷。人不堪其忧，回也不改其乐。"
⑨ 曾参歌《商颂》，声满天地，若出金石，见《庄子》。
⑩ 汲汲，欲速之意。
⑪ 曲糵，酒母。

不遇也①!建中初,天子嗣位②,有意贞观开元之丕绩③,在廷之臣争言事,当此时,醉乡之后世又以直废④。

吾既悲《醉乡》之文辞,而又嘉良臣之烈,思识其子孙,今子之来见我也,无所挟⑤,吾犹将张之,况文与行不失其世守⑥,浑然端且厚;惜乎吾力不能振之,而其言不见信于世也!于其行,姑与之饮酒。

送王秀才序

吾常以为孔子之道,大而能博,门弟子不能遍观而尽识也,故学焉而皆得其性之所近;其后离

---

① 因不平而放浪自托,固不失为高士,但圣贤之徒,营道不暇,乐天不忧,无所谓无聊不平,而欲有托以自放,故以醉乡之不遇孔子为可悲。
② 德宗即位,改代宗大历年号为建中。
③ 贞观,太宗年号,开元,玄宗年号,在当时称为治世。丕,大。德宗立,命官司举贞观开元之烈。
④ 建中初,醉乡后世或有以直废之事,而史失之,无可考。
⑤ 犹言即无足称。
⑥ 文,应"《醉乡》之文辞"。行,应"良臣之烈"。

序

散,分处诸侯之国①,又各以所能授弟子,原远而末益分。盖子夏之学,其后有田子方②,子方之后,流而为庄周,故周之书,喜称子方之为人③。荀卿之书,语圣人必曰孔子、子弓④,子弓之事业不传,惟太史公书《弟子传》有姓名字⑤,曰馯臂子弓⑥;子弓受《易》于商瞿⑦。孟轲师子思⑧,子思之学,盖出曾子⑨;自孔子没,群弟子莫不有书,独孟轲氏之传得其宗⑩,故吾少而乐观焉。

太原王埙示予所为文⑪,好举孟子之所道者⑫;

---

① 宰我仕齐,子贡、冉有、子游仕鲁,季路仕卫,子夏仕魏等,皆孔门弟子散处诸国之证。
② 田子方,名无择,魏文侯师之。
③ 《庄子·天下》,叙诸子不及子方,外编以《田子方》名篇,亦不过篇首一引,谓庄原于田,殊未可信。
④ 如《荀子·非十二子》《荀子·儒效》等篇,皆以仲尼、子弓连称。
⑤ 《史记》有《仲尼弟子列传》。
⑥ 馯,hán;馯,姓;臂,名;子弓,字也。《史记》作"子弘",《汉书》作"子弓"。
⑦ 商瞿,字子木,鲁人,受《易》于孔子。此段与前段,以子夏、商瞿陪出曾子,以田子方、子弓陪出孟子。
⑧ 子思,孔子孙,名伋。
⑨ 子思独传孔门心法,作《中庸》以述父师之意,后世称为述圣。
⑩ 宗,宗本。
⑪ 太原,县名,今属山西。
⑫ 道,趋。

与之言,信悦孟子,而屡赞其文辞。夫沿河而下,苟不止,虽有迟疾,必至于海,如不得其道也,虽疾不止,终莫幸而至焉,故学者必慎其所道,道于杨墨老庄佛之学,而欲之圣人之道,犹航断港绝潢以望至于海也①,故求观圣人之道,必自孟子始;今埙之所由,既几于知道,如又得其船与楫,知沿而不止,呜呼,其可量也哉!

送幽州李端公序②

元年③,今相国李公为吏部员外郎④,愈尝与偕朝,道语幽州司徒公之贤⑤,曰:某前年被诏,告礼幽州⑥,入其地,迓劳之使里至⑦,每进益恭⑧。及郊,

---

① 潢,积水池。
② 幽州,地在河北。李端公,名益,字君虞,曾为使府御史,唐人称御史为端公。时为幽州卢龙节度使刘济府从事,来东都,愈时官洛阳,于其归,作此以送之,勉其使济奉臣职。
③ 元年,元和元年。
④ 李公,名藩,字叔翰,元年为吏部员外郎,四年自给事中拜相。
⑤ 刘济于贞元二十一年检校司徒。
⑥ 贞元二十一年正月,德宗崩,藩为告哀副使,使至幽州,正使为杨于陵。
⑦ 里至,谓每进一里,即来一使迓劳也。里,或作"累"。
⑧ 言藩行益进,济礼益恭。

序

司徒公红帓首①，靴袴握刀，左右杂佩②，弓韔服③，矢插房④，俯立迎道左，某礼辞曰："公天子之宰，礼不可如是！"及府，又以其服即事，某又曰："公三公⑤，不可以将服承命⑥！"卒不得辞⑦。上堂即客阶，坐必东向。愈曰："国家失太平，于今六十年矣，夫十日十二子相配，数穷六十⑧，其将复平，平必自幽州始，乱之所出也⑨；今天子大圣，司徒公勤于礼，庶几帅先河南北之将，来觐奉职如开元时乎！⑩"李公曰："然。"今李公既朝夕左右⑪，必数数为上言，元年之言殆合矣。

---

① 帓，mò。红帓首，首裹红巾。
② 言左右皆有佩，非一物也。
③ 服，所以盛弓。韔，亦弓室，此处做动字用，藏纳之意。
④ 房，所以盛矢。
⑤ 三公，司马、司空及司徒。
⑥ 将服，将士之服。
⑦ 此句总上两次辞谢。
⑧ 十日，天干。十二子，地支。干支相配，首为甲子，至六十年而数穷，复为甲子。
⑨ 天宝十四年，范阳节度使安禄山反，范阳，幽州也，其年岁在乙未，至元和九年甲子数穷，明年又为乙未，一甲子终矣。
⑩ 开元，玄宗年号。其时天下承平，诸藩奉职惟谨。
⑪ 谓藩为相也。

端公岁时来寿其亲东都①,东都之大夫士莫不拜于门。其为人佐甚忠②,意欲司徒公功名流千万岁,请以愈言为使归之献!

送区册序③

阳山④,天下之穷处也。陆有丘陵之险,虎豹之虞。江流悍急,横波之石,廉利侔剑戟⑤,舟上下失势,破碎沦溺者⑥,往往有之。县郭无居民。官无丞尉。夹江荒茅篁竹之间⑦,小吏十余家,皆鸟言夷面⑧;始至,言语不通,画地为字,然后可告以出租赋,奉期约。是以宾客游从之士,无所为而至⑨。愈待罪于斯,且半岁矣⑩。

---

① 益父时官洛阳。
② 此指益为幽州从事。
③ 区,ōu。
④ 阳山,县名,今属广东。
⑤ 廉,有棱角。利,锐利。侔,齐等。
⑥ 沦,沉没。
⑦ 荒茅,茅草丛。篁竹,竹丛。
⑧ 鸟言,语声如鸟。夷面,指貌不似中原地区的百姓。
⑨ 二句总上陆、江、县、官、吏五项。
⑩ 愈于贞元二十年贬阳山令。

序

有区生者,誓言相好,自南海挐舟而来①,升自宾阶②,仪观甚伟;坐与之语,文义卓然。庄周云:"逃空虚者,闻人足音跫然而喜矣③。"况如斯人者,岂易得哉!入吾室,闻《诗》《书》仁义之说,欣然喜,若有志于其间也。与之翳嘉林④,坐石矶,投竿而渔,陶然以乐⑤,若能遗外声利,而不厌乎贫贱也。

岁之初吉⑥,归拜其亲⑦,酒壶既倾,序以识别。

送高闲上人序⑧

苟可以寓其巧智,使机应于心,不挫于气,则神完而守固,虽外物至,不胶于心⑨。尧舜禹汤治

---

① 南海,今广东省广州市番禺区。挐,同"拿",牵引。
② 宾阶,东阶。
③ 语见《庄子·徐无鬼》。跫,qióng;跫然,足行声。
④ 翳,隐。嘉林,善林。
⑤ 陶然,乐貌。
⑥ 犹言岁首,指贞元二十一年正月。
⑦ 拜,或作"觐"。
⑧ 高闲,乌程人,精于书,唐宣宗甚恩遇焉。
⑨ 胶,乱。

天下,养叔治射①,庖丁治牛②,师旷治音声③,扁鹊治病④,僚之于丸⑤,秋之于弈⑥,伯伦之于酒⑦,乐之终身不厌,奚暇外慕!夫外慕徙业者,皆不造其堂,不哜其胾者也⑧。

往时张旭善草书⑨,不治他伎,喜怒窘穷,忧悲愉佚,怨恨思慕酣醉,无聊不平,有动于心,必于草书焉发之;观于物,见山水崖谷,鸟兽虫鱼,草木之花实,日月列星,风雨水火,雷霆霹雳,歌舞战斗,天地事物之变,可喜可愕,一寓于书⑩;故旭之书,变动犹鬼神,不可端倪⑪,以此终其身而名后世。

---

① 养叔,养由基,楚人,善射,去柳叶百步射之,百发百中。
② 庖丁为文惠君解牛,其技甚精,见《庄子·养生主》。
③ 师旷,乐师名旷,字子野,晋平公时人,精于音乐。
④ 扁鹊,姓秦,名越人,晋昭公时人,为名医。
⑤ 僚,姓熊,名宜僚,春秋时楚勇士。丸,弹丸。
⑥ 秋,人名,精于弈,见《孟子》。
⑦ 伯伦,晋刘伶,最嗜酒。
⑧ 哜,jì,尝。胾,zì,切肉之大者。
⑨ 张旭,唐吴人,字伯高,善草书,世号张颠,又称草圣。
⑩ 旭尝言见公主担夫争道,又闻鼓吹而得笔法意,观倡公孙舞剑器得其神。
⑪ 端倪,头绪、边际。谓不可测其端倪。

序

今闲之于草书,有旭之心哉①?不得其心而逐其迹,未见其能旭也。为旭有道,利害必明,无遗锱铢②,情炎于中③,利欲斗进,有得有丧,勃然不释,然后一决于书,而后旭可几也;今闲师浮屠氏④,一死生,解外胶,是其为心必泊然无所起,其于世必淡然无所嗜。泊与淡相遭,颓堕委靡,溃败不可收拾,则其于书,得无象之然乎⑤!然吾闻浮屠人善幻,多技能,闲如通其术,则吾不能知矣⑥。

送杨少尹序⑦

昔疏广、受二子,以年老,一朝辞位而去⑧,于

---

① 疑辞。
② 锱铢,皆古衡名,铢轻而锱重,然均微甚,故以为轻微之喻。
③ 情,或作"精"。
④ 浮屠氏,谓佛教。
⑤ 谓得无但逐其迹。
⑥ 言人有不平之心,郁久而发,其气必勇,其技必精,今高闲既无是心,则其伎宜溃败委靡而不能奇,但恐其善幻多技,则不可知矣。
⑦ 杨少尹,名巨源,字景山。
⑧ 疏广为汉宣帝时太子太傅,兄子受为少傅,同时上疏乞归。一说,"二子"当作"父子"。

时公卿设供张①,祖道都门外②,车数百两,道路观者,多叹息泣下,共言其贤;汉史既传其事,而后世工画者,又图其迹③,至今照人耳目,赫赫若前日事。

国子司业杨君巨源方以能诗训后进④,一旦以年满七十,亦白丞相,去归其乡⑤,世常说古今人不相及,今杨与二疏,其意岂异也?予忝在公卿后,遇病不能出,不知杨侯去时,城门外送者几人?车几两?马几匹?道边观者,亦有叹息知其为贤以否⑥?而太史氏又能张大其事,为传继二疏踪迹否?不落莫否?见今世无工画者,而画与不画,固不论也。然吾闻杨侯之去,丞相有爱而惜之者⑦,白以为其都少尹,不绝其禄⑧,又为歌诗以劝之,京师之长于诗

---

① 供张,供具张设。
② 祖道,饯行。
③ 晋顾恺之、梁张僧繇并画《群公祖二疏图》。
④ 国子司业,国子监(国学)司业,贰于祭酒。杨以能诗名。
⑤ 还河中也,杨为河中人。
⑥ 以,与"与"通。
⑦ 丞相,谓河中节度使。
⑧ 唐时河中为中都,都,即河中。少尹,唐官名,唐诸都各置尹一人,少尹二人,少尹掌贰府州之事。唐朝官致仕,常给半禄,此加少尹,得全禄。

者，亦属而和之，又不知当时二疏之去，有是事否？古今人同不同，未可知也。

中世士大夫，以官为家，罢则无所于归。杨侯始冠，举于其乡，歌《鹿鸣》而来也①，今之归，指其树曰："某树，吾先人之所种也；某水某丘，吾童子时所钓游也。"乡人莫不加敬，诫子孙以杨侯不去其乡为法。古之所谓乡先生没而可祭于社者，其在斯人欤！其在斯人欤！

送温处士赴河阳军序②

伯乐一过冀北之野，而马群遂空；夫冀北马多天下，伯乐虽善知马，安能空其群邪？解之者曰："吾所谓空，非无马也，无良马也。伯乐知马，遇其良，辄取之，群无留良焉。苟无良，虽谓无马，不为虚语矣。"

东都固士大夫之冀北也。恃才能深藏而不市者，

---

① 《鹿鸣》，《诗》篇名。唐时宴乡贡，用少牢，歌《鹿鸣》之章。
② 温处士，名造，字简舆。河阳，见《画记》注。军，行政区划名。元和五年，乌重裔为河阳军节度使，乌征温于幕，愈作此送之，有薄其轻出意。

洛之北涯曰石生，其南涯曰温生①。大夫乌公以铁钺镇河阳之三月②，以石生为才，以礼为罗，罗而致之幕下③；未数月也，以温生为才，于是以石生为媒，以礼为罗，又罗而致之幕下。东都虽信多才士，朝取一人焉，拔其尤，暮取一人焉，拔其尤，自居守河南尹以及百司之执事④，与吾辈二县之大夫⑤，政有所不通，事有所可疑，奚所咨而处焉？士大夫之去位而巷处者，谁与嬉游？小子后生，于何考德而问业焉？搢绅之东西行过是都者⑥，无所礼于其庐；若是而称曰，大夫乌公一镇河阳，而东都处士之庐无人焉，岂不可也？夫南面而听天下，其所托重而恃力者，惟相与将耳；相为天子得人于朝廷，将为天子得文武士于幕下，求内外无治，不可得也。

　　愈縻于兹⑦，不能自引去，资二生以待老，今

---

① 石生，名洪，居洛水北涯，温生居洛水南涯，二人皆东都处士之秀。
② 铁钺，天子所赐，得此始得专征伐。乌以四月受诏镇河阳，此言三月，当在是年六七月间。
③ 石被征为参谋，愈亦作序送之，本编未选。
④ 此谓东都留守郑余庆。
⑤ 东都郭下二邑，河南、洛阳也。愈时为河南令，故曰吾辈。
⑥ 搢绅，仕宦之属。
⑦ 縻，系。

皆为有力者夺之,其何能无介然于怀邪①?生既至,拜公于军门,其为吾以前所称为天下贺,以后所称为吾致私怨于尽取也!留守相公首为四韵诗歌其事,愈因推其意而序之。

送郑尚书序②

岭之南,其州七十,其二十二隶岭南节度府,其四十余分四府③,府各置帅;然独岭南节度为大府。大府始至,四府必使其佐启问起居,谢守地,不得即贺,以为礼;岁时必遣贺问,致水土物;大府帅或道过其府,府帅必戎服,左握刀,右属弓矢④,帕首袴靴⑤,迎郊;及既至,大府帅先入据馆,帅守屏⑥,若将趋入拜庭之为者,大府与之为让,至一再,乃敢改服,以宾主见;适位执爵⑦,皆

---

① 言不释于心。
② 郑尚书,名权。
③ 地在今两广及越南境。
④ 属,zhǔ,配、系。
⑤ 帕,mò;帕首,额巾裹首。
⑥ 屏,墙。
⑦ 言就席。

韩愈文

兴拜，不许，乃止；虔若小侯之事大国①。有大事，咨而后行。隶府之州，离府远者至三千里，悬隔山海，使必数月而后能至，蛮夷悍轻，易怨以变；其南州皆岸大海②，多洲岛，飒风一日踔数千里③，漫澜不见踪迹，控御失所，依险阻，结党仇④，机毒矢以待将吏，撞搪呼号⑤，以相和应，蜂屯蚁杂，不可爬梳⑥，好则人，怒则兽，故常薄其征入，简节而疏目，时有所遗漏，不究切之，长养以儿子，至纷不可治，乃草薙而禽狝之⑦，尽根株痛断，乃止。其海外杂国，若耽浮罗、流求、毛人、夷亶之州⑧，林邑、扶南、真腊、于陀利之属⑨，东南际

---

① 此句总上五节。
② 岸大海，谓显露大海中。
③ 飒，同"帆"。踔，chuō，逾越。
④ 仇，对合。
⑤ 撞搪，zhuàng táng，闯突。
⑥ 爬梳，理治之意。
⑦ 薙，tì，芟除。狝，xiǎn，秋季打猎、捕杀。
⑧ 耽浮罗，即耽罗，今韩国济州岛。流求，即琉球岛，今为日本所属。毛人，因其地居此蛮族，故名，在大海中洲岛上，今地不详。夷州、亶州，岛名，在东海中，孙权尝使万人浮海求之，卒不至，但得数千人还。州，或作"洲"。
⑨ 林邑，在今越南河内南。扶南，在南海大湾中，今暹罗地。真腊，在今柬埔寨境内。于陀利，今之马六甲。

序

天地以万数；或时候风潮朝贡，蛮胡贾人，舶交海中[①]。若岭南帅得其人，则一边尽治，不相寇盗贼杀，无风鱼之灾[②]，水旱疠毒之患，外国之货日至，珠香象犀玳瑁奇物，溢于中国，不可胜用；故选帅常重于他镇，非有文武威风，知大体，可畏信者，则不幸往往有事。

长庆三年四月[③]，以工部尚书郑公为刑部尚书，兼御史大夫，往践其任[④]。郑公尝以节镇襄阳[⑤]，又帅沧、景、德、棣[⑥]，历河南尹、华州刺史[⑦]，皆有功德可称道。入朝，为金吾将军[⑧]，散骑常侍[⑨]，工部侍郎、

---

① 舶，大舟。
② 鱼，本或作"雨"，较是。
③ 长庆，穆宗年号。
④ 权以长庆三年四月为岭南节度使。
⑤ 襄阳，今湖北襄阳市。权于元和十一年为山南东道节度使。
⑥ 沧，唐州，今县，属河北。景，唐蓨县，今为景县，属河北。德，唐时治，今山东省德州市安德区。棣，无棣县，唐属沧州，今为庆云县。权于元和十三年为德州刺史、德棣沧景节度使。
⑦ 华州，今陕西华县。权自河南尹帅山南东道，为华州刺史。
⑧ 金吾将军，掌徼循京师，防御非常。元和十四年，权为右金吾卫大将军。
⑨ 散骑常侍，唐为显职，分左右，分隶中书门下二省。穆宗立，权为左散骑常侍。

尚书^①,家属百人,无数亩之宅,僦屋以居^②,可谓贵而能贫^③,为仁者不富之效也^④。及是命,朝廷莫不悦。将行,公卿大夫士苟能诗者,咸相率为诗^⑤,以美朝政,以慰公南行之思;韵必以来字者,所以祝公成政而来归疾也^⑥。

---

① 长庆元年,权为工部侍郎。二年,迁工部尚书。
② 权豪侈,多姬妾,俸入不赡。
③ 语见《左传·襄公二十二年》。
④ 为仁不富,语见《孟子·滕文公上》。传权因俸入不足用,夤缘求节镇,因得岭南,愈此语有讽意。
⑤ 愈亦有诗,本编不录。
⑥ 当时如白居易、刘禹锡、张籍等所为诗,皆用来韵。后权终于岭南未归。

哀辞祭文

欧阳生哀辞[①]

欧阳詹世居闽越[②],自詹已上,皆为闽越官,至州佐县令者,累累有焉。闽越地肥衍,有山泉禽鱼之乐,虽有长材秀民,通文书吏事,与上国齿者,未尝肯出仕。今上初[③],故宰相常衮为福建诸州观察使[④],治其地。衮以文辞进,有名于时,又作大官,临莅其民,乡县小民,有能诵书作文辞者,衮亲与之为客主之礼,观游宴飨,必召与之[⑤];时未几,皆

---

① 欧阳生,名詹,字行周,泉州晋江人,卒年四十余,有文集行世。
② 闽越,今福建,本周时七闽地,后为越人所居,故曰闽越。
③ 帝制时代称皇帝曰上,今上者,指当时之帝,此指唐德宗。
④ 常衮,京兆人,建中初为福建观察使。
⑤ 与,或作"预"。

化翕然①。詹于时独秀出,衮加敬爱,诸生皆推服。闽越之人举进士繇詹始②。

建中、贞元间③,余就食江南④,未接人事,往往闻詹名闾巷间,詹之称于江南也久。贞元三年⑤,余始至京师,举进士,闻詹名尤甚。八年春,遂与詹文辞同考试登第,始相识。自后詹归闽中,余或在京师他处,不见詹久者,惟詹归闽中时为然,其他时与詹离,率不历岁,移时则必合,合必两忘其所趋⑥,久然后去,故余与詹相知为深。詹事父母尽孝道,仁于妻子,于朋友义以诚,气醇以方,容貌嶷嶷然⑦,其燕私善谑以和,其文章切深,喜往复,善自道。读其书,知其于慈孝最隆也。十五年冬,余

---

① 大历七年,李椅都督福建,领观察等使,始兴学校,衮继其后,为时既久,遂翕然胥化。
② 贞元八年,詹与愈同登第。按莆田林藻以贞元七年登第,长溪薛令之以神龙二年擢第,皆在詹之前,愈谓闽越之人举进士繇詹始,盖考之未详也。繇,与"由"同。
③ 建中、贞元,皆德宗年号。
④ 时愈家于宣州。
⑤ 三年,按年谱当作二年。
⑥ 会合后皆忘所欲至之地也。
⑦ 嶷,nì;《诗·大雅·生民》"克岐克嶷"笺:"其貌嶷嶷然,有所识别也。"

以徐州从事朝正于京师①,詹为国子监四门助教②,将率其徒伏阙下,举余为博士,会监有狱③,不果上;观其心,有益于余,将忘其身之贱而为之也。呜呼,詹今其死矣!

詹,闽越人也。父母老矣,舍朝夕之养,以来京师,其心将以有得于是,而归为父母荣也;虽其父母之心亦皆然,詹在侧,虽无离忧,其志不乐也,詹在京师,虽有离忧,其志乐也;若詹者,所谓以志养志者欤④!詹虽未得位,其名声流于人人,其德行信于朋友,虽詹与其父母,皆可无憾也。詹之事业文章,李翱既为之传⑤,故作哀辞,以舒余哀⑥,以传于后,以遗其父母而解其悲哀,以卒詹志云:

---

① 张建封辟愈为徐州节度推官。
② 国子监,即国学,晋始立国子学,隋炀帝改学为监,唐因之。四门助教,官名,古者天子设学于四郊,后魏以其辽远,于四门建学,置四门博士,唐因之。
③ 监,一作"詹"字;或并无"监"字。
④ 《孟子·离娄上》:"若曾子,则可谓养志也。"
⑤ 今《李翱集》无此传。
⑥ 哀辞者,所以舒其哀也,此为与祭文不同处。

求仕与友兮，远违其乡，父母之命兮，子奉以行；友则既获兮，禄实不丰，以志为养兮，何有牛羊。事实既修兮，名誉又光，父母忻忻兮，常若在旁。命虽云短兮，其存者长，终要必死兮，愿不永伤①！友朋亲视兮，药物甚良②，饮食孔时兮③，所欲无妨。寿命不齐兮④，人道之常，在侧与远兮，非有不同。山川阻深兮，魂魄流行，祀祭则及兮，勿谓不通。哭泣无益兮⑤，抑哀自强，推生知死兮，以慰孝诚。呜呼哀哉兮，是亦难忘！

独孤申叔哀辞⑥

众万之生，谁非天邪？明昭昏蒙，谁使然邪？

---

① 不永，一作"永不"。
② 欧阳生游太原悦一妓，约以至都来迎，后不克如约，过期往迎，妓已积望成疾，翦鬓寄生，生为之恸怨，涉旬亦殁，生为妓死，此友朋所讳者，愈以慰其父母，故云药物甚良，而诿诸寿命，全人父子之恩当如此也。
③ 孔，一作"既"。
④ 齐，一作"高"。
⑤ 益，一作"救"。
⑥ 独孤申叔，字子重，年二十二，举进士，又二年，用博学宏词为校书郎，又三年，居父丧，未练而殁，盖贞元十八年。

行何为而怒,居何故而怜邪?胡喜厚其所可薄,而恒不足于贤邪?将下民之好恶,与彼苍悬邪?抑苍茫无端而暂寓其间邪①?死者无知,吾为子恸而已矣;如有知也,子其自知之矣。濯濯其英②,晔晔其光③,如闻其声,如见其容;乌虖远矣,何日而忘!

祭田横墓文④

贞元十一年九月,愈如东京⑤,道出田横墓下,感横义高能得士⑥,因取酒以祭,为文而吊之。

---

① 数句语意出《史记·伯夷传》,愈与崔群书中天人好恶之说,与此正同。
② 濯濯,光明。
③ 晔,yè;晔晔,光明灿烂貌,又盛貌。
④ 田横,汉临淄人,故齐王荣弟,齐败,与其徒五百余人入海岛,高帝使使赦横罪而召之,横与其客二人乘传诣洛阳,至尸乡厩置,遂自刭,高帝命以王者礼葬横,既葬,二客穿其冢旁,自刭从之,其余客在海中者,闻横死,亦皆自杀。横墓在今河南偃师市西十里。愈两应宏博不中,三上宰相书不得官,故寓意于田横,叹田横以怼时宰也。
⑤ 东京,洛阳。唐都长安,以洛阳为东京,长安为西京。
⑥ 愈以己无投合,踌躇发愤,感横而发为此文,叹时宰之不能得士也。一本"士"后有"心"字。

韩愈文

其辞曰:

事有旷百世而相感者,余不自知其何心,非今世之所稀①,孰为使余歔欷而不可禁②!余既博观乎天下,曷有庶几乎夫子之所为,死者不复生,嗟余去此其从谁!

当秦氏之败乱,得一士而可王,何五百人之扰扰③,而不能脱夫子于剑铓?抑所宝之非贤,亦天命之有常。昔阙里之多士,孔圣亦云其遑遑,苟余行之不迷,虽颠沛其何伤④!自古死者非一,夫子至今有耿光⑤。跽陈辞而荐酒⑥,魂髣髴而来享!

---

① 稀,当作"希"。《庄子·让王》音义:"希,望也。"言田横之事,非今世所望也。
② 歔欷,xū xī,悲泣气咽而抽息。
③ 扰扰,繁多貌。
④ 四句脱去田横而自道也。阙里,地名,孔子所居,在今山东曲阜市。遑遑,心不定,与"皇皇"同,《孟子·滕文公下》:"孔子三月无君,则皇皇如也。"
⑤ 耿光,光明,《书·立政》:"以觐文王之耿光。"
⑥ 跽,jì,跪。

哀辞祭文

祭郴州李使君文①

维年月日②,将仕郎守江陵府法曹参军韩愈③,谨以清酌庶羞之奠,敬祭于故郴州李使君之灵:古语有之:"白头如新,倾盖若旧④。"顾意气之何如,何日时之足究!

当贞元之癸未,惕皇威而左授⑤,伏荒炎之下邑⑥,嗟名颓而位仆,历贵部而西迈⑦,泜清光于暂觌,言莫交而情无由,既不贾而奚售,哀穷遐之无徒⑧,挚百忧以自副⑨,辱问讯之绸缪,恒饱饥而愈疚,接

---

① 郴州,唐置州,今湖南郴州市。李使君,名伯康,字士丰,陇西成纪人,贞元十九年秋七月,拜郴州刺史,永贞元年十月卒。郴州,墓志作柳州。
② 一作"维元和元年岁次丙午二月乙未朔二十四日戊午"。
③ 将仕郎,官名。唐从九品下为将仕郎。江陵府,唐置,今湖北江陵县。法曹参军,官名,汉末有参军事之名,本为参谋军事而设,晋以后置为官员,如咨议记室录事,及诸曹参军皆是。
④ 见汉邹阳《狱中上梁王书》。白头如新,谓久交而不相知,与新交无异。倾盖,道行相遇,驻车对语,两盖相交小敧之义也。
⑤ 癸未,贞元十九年,愈于是年左迁连州阳山令。
⑥ 下邑,谓阳山。
⑦ 贵部,指郴州。
⑧ 穷遐,一作"穷荒"。
⑨ 挚,与"挚"同,率引。副,相称、符合,如其实也。

雄词于章句，窥逸迹于篆籀①，苞黄甘而致贻②，获纸笔之双贸③，投《叉鱼》之短韵④，愧韬瑕而举秀。俟新命于衡阳⑤，费薪刍于馆候，空大亭以见处，憩水木之幽茂，逞英心于纵博，沃烦肠以清酎⑥，航北湖之空明⑦，觑鳞介之惊透⑧，宴州楼之豁达，众管啾而并奏，得恩惠于新知，脱穷愁于往陋，辍行谋于俄顷，见秋月之三彀⑨。逮天书之下降，犹低回以宿留⑩，念睽离之在期，谓此会之难又，授缟纻以托心⑪，示兹诚之不谬，悦后日之北迁，约穷欢于一昼，

---

① 籀，zhòu，大篆，周宣王太史籀作大篆，因名。
② 黄甘，今之新会橙，盖愈尝送橙于李。
③ 《李员外寄纸笔》诗云："莫怪殷勤谢，虞卿正著书。"即此。双贸，犹贸易而双也。
④ 愈有《叉鱼十八韵招张功曹》诗。
⑤ 贞元二十一年，愈以顺宗赦，徙掾江陵，待命于郴。郴，在衡山之阳，故云。
⑥ 酎，zhòu，醇酒，谓重酿之酒。
⑦ 北湖，在郴州北。
⑧ 觑，qù，伺视。
⑨ 彀，弓满。
⑩ 宿留，停待，《史记·封禅书》："遂至东莱宿留之。"
⑪ 吴季札聘郑，见子产，与之缟带，子产献纻衣，见《左传·襄公二十九年》。

虽掾俸之酸寒①，要拔贫而为富。何人生之难信，捐斯言而莫就，始讶信于暂疏，遂承凶于不救。见明旌之低昂②，尚迟疑于别袖，忆交酬而迭舞，奠单杯而哭柩③！

美夫君之为政，不桡志于谗构，遭唇舌之纷罗，独陵晨而孤雊④，彼憸人之浮言⑤，虽百车其何诟⑥，洞古往而高观，固邪正之相寇，幸窃睹其始终，敢不明白而蔽覆。神乎来哉！辞以为侑⑦。尚飨！

祭河南张员外文⑧

维年月日⑨，彰义军行军司马守太子右庶子兼

---

① 掾，yuàn，佐贰官之称，此即指法曹。
② 铭旌，明旌也，以死者为不可别，故以识之。
③ 永贞元年冬，李枢过江陵，愈以是祭之。
④ 雊，gòu，鸣。《鸡鸣》之诗，言乱世君子，陵晨孤雊，以鸡为喻。
⑤ 憸，xiān；憸人，佞人。
⑥ 百车，谓言之多也。
⑦ 侑，yòu，劝。
⑧ 张员外，名署，河间人，为河南县令。员外，官名，别于正额官而言，南朝有员外散骑侍郎，隋初于尚书省二十四司各置员外郎一人，唐因之，署曾为刑部员外郎，故云张员外。
⑨ 元和十二年八月。

韩愈文

御史中丞韩愈①,谨遣某乙以庶羞清酌之奠,祭于亡友故河南县令张十二员外之灵:贞元十九,君为御史,余以无能,同诏并跱②。君德浑刚,标高揭已,有不吾如,唾犹泥滓。余戆而狂③,年未三纪④,乘气加人,无挟自恃⑤。

彼婉娈者⑥,实惮吾曹,侧肩帖耳,有舌如刀⑦。我落阳山⑧,以尹鼯猱⑨,君飘临武⑩,山林之牢,岁弊寒凶,雪虐风饕,颠于马下,我泗君咷⑪。夜息南山,同卧一席,守隶防夫,舐顶交跖⑫,洞庭漫汗⑬,粘天

---

① 彰义军本淮宁军节度,治蔡州后改号彰义。
② 跱,立,亦作"峙",贞元十九年愈与署俱为御史,故云"并跱"。
③ 戆,zhuàng,愚直。
④ 十二年为一纪。
⑤ 挟,矜其有而恃以自重也,《孟子·万章下》:"友也者,友其德也,不可以有挟也。"愈自言无所挟而自恃也。
⑥ 婉娈,美好貌。此指逸佞。
⑦ 谓逸人以言伤人也。时方旱饥,愈与署及李方叔同上疏乞宽民徭,为李实所谮,俱贬南方县令。
⑧ 贞元十九年,愈贬连州阳山令。
⑨ 鼯鼠,小兽,有肉翅似蝙蝠,能飞。猱,猴。言治阳山之人,如治鼯猱。
⑩ 署贬郴州临武令。临武,县名,今湖南临武县。
⑪ 泗,液自鼻出者。咷,táo,哭泣不止。
⑫ 舐,dǐ,触。跖,足。谓顶相抵触足相交。
⑬ 洞庭,湖名,在湖南境,华容、南县、定乡、汉寿、沅、江、湘阴各县环之。漫汗,水广大无际貌。

无壁,风涛相豗①,中作霹雳,追程盲进,飘船箭激②。南上湘水③,屈氏所沉④,二妃行迷,泪踪染林⑤,山哀浦思,鸟兽叫音,余唱君和,百篇在吟。君止于县,我又南逾,把醆相饮⑥,后期有无。

期宿界上⑦,一〔又〕夕相语,自别几时,遽变寒暑,枕臂欹眠,加余以股,仆来告言,虎入厩处,无敢惊逐,以我䮦去⑧。君云是物,不骏于乘,虎取而往,来寅其征⑨,我预在此,与君俱膺,猛兽果信,恶祷而凭⑩。

余出岭中,君俟州下,偕掾江陵⑪,非余望者,

---

① 豗,huī,撞击。
② 飘,与"帆"同。
③ 湘水,源出广西兴安县之阳海山,流入湖南,注于洞庭湖。
④ 屈原沉于汨罗,汨罗西流入湘,故云。
⑤ 二妃,舜二妃娥皇、女英也。舜崩,二妃常泣,以其涕挥竹,竹尽斑。
⑥ 醆,同"盏",小杯。
⑦ 贞元十九年,愈与署俱令南方,明年冬,会宿临武界上。
⑧ 䮦,méng,驴子。
⑨ 虎为寅神,言来岁寅月,当有征验。
⑩ 言猛兽果有征验,不待祷而有所凭也。猛兽,一作"孟首",谓正月孟春之首,果得归也,亦通。
⑪ 顺宗即位,愈与署皆改江陵府掾,愈法曹,署工曹。

韩愈文

郴山奇变,其水清泻①,泊砂倚石,有遻无舍②,衡阳放酒,熊咆虎嗥,不存令章,罚筹蝟毛③。委舟湘流,往观南岳④,云壁潭潭⑤,穿林伬擢,避风太湖⑥,七日鹿角⑦,钩登大鲇⑧,怒颊豕㺊⑨,脔盘炙酒,群奴余啄。走官阶下,首下尻高⑩,下马伏涂,从事是遭⑪。

予征博士,君以使已⑫,相见京师,过愿之始。分教东生,君掾雍首⑬,两都相望,于别何有。解手背面,遂十一年,君出我入,如相避然,生阔死休,

---

① 郴山,即今湖南郴州之黄岑山。郴水出此,甚清,下流入湘水。愈遇赦后,俟命于郴者三月。
② 遻,同"迕",逢。
③ 令章,谓酒令,唐人会饮,违令则以筹记罚。蝟毛,言其多也。
④ 南岳,即衡山,在今湖南衡山县西北。
⑤ 潭潭,深。
⑥ 太湖,即洞庭湖;太,或作"大"。
⑦ 鹿角,洞庭湖中地名。
⑧ 鲇,nián,鱼名,无鳞,多粘质。
⑨ 㺊,hòu,豕怒声。
⑩ 尻,kāo,脊骨尽处。谓低首而耸臀也。
⑪ 愈为江陵府掾,从事等乃幕僚,故须下马避道。
⑫ 元和元年,愈召为国子博士,署掾江陵。
⑬ 元和二年,愈分教东都,署为京兆府司录参军,录事持纠曹之权,当要害之地,判曹事,故云掾首。雍,州名,今陕西终南山以北地。

吞不复宣!

刑官属郎,引章讦夺,权臣不爱,南昌是斡①。明条谨狱,氓獠户歌②。用迁澧浦,为人受瘥③。还家东都,起令河南,屈拜后生,愤所不堪。屡以正免,身伸事蹇,竟死不升,孰劝为善!

丞相南讨,余辱司马④,议兵大梁,走出洛下⑤,哭不凭棺,奠不亲斝⑥,不抚其子,葬不送野,望君伤怀,有陨如泻!铭君之绩,纳石壤中,爱及祖考,纪德事功⑦,外著后世,鬼神与通,君其奚憾,不余鉴衷!呜呼哀哉,尚飨!

---

① 署为刑部员外郎,守法不阿,出为虔州刺史,虔州属南康郡,南昌,当作"南康"。斡,wò,转。
② 獠,lǎo,岭表溪峒之蛮。
③ 署自虔州改澧州刺史,民税出杂产物与钱,尚书有经数,观察使牒州征钱倍经,署曰:"刺史不可贪官害民。"留牒不肯从,竟以代罢。瘥,疲病也,此作"过"字解。
④ 元和十二年,以宰相裴度为淮西宣慰处置使,南讨淮蔡。度奏愈为行军司马。
⑤ 时宣武军节度使韩弘为诸军统帅,行将出讨,愈诣弘禀事。大梁,今河南开封市。
⑥ 斝,jiǎ,酒爵。
⑦ 纪其德、纪其事、纪其功也。

韩愈文

祭柳子厚文 ①

维年月日②,韩愈谨以清酌庶羞之奠,祭于亡友柳子厚之灵:嗟嗟子厚,而至然邪?自古莫不然,我又何嗟③!人之生世,如梦一觉④,其间利害,竟亦何校?当其梦时,有乐有悲,及其既觉,岂足追惟⑤!

凡物之生,不愿为材,牺尊青黄,乃木之灾⑥。子之中弃,天脱馽羁⑦,玉佩琼琚,大放厥辞⑧。富贵无能,磨灭谁纪,子之自著,表表愈伟⑨。不善为

---

① 柳子厚,名宗元,河东人,由进士累官监察御史,坐王叔文党贬永州司马,徙柳州刺史,元和十四年十月五日卒。明年,愈在袁州,作此祭之。
② 一作"维元和十五年岁次庚子五月壬寅朔初五日景午"。
③ 既嗟而又遣以理也。
④ 觉,jiào,睡醒;下同。
⑤ 惟,思。
⑥ 牺,suō,酒尊名。青黄,谓饰以青黄。言木之材者为牺尊,正乃木之灾也。《庄子·胠箧》:"纯朴不残,孰为牺樽。"注:"画牺牛象以饰樽也。"
⑦ 馽,zhí,与"縶"同,所以绊马足也。羁,马络头。
⑧ 佩玉在上为珩,在下为璜,有二组,以左右交牵之,二组相交处,一物居其间,即琚也,以琼玉为之。琼,美玉。二语状其文之美也。
⑨ 表表,卓立之貌。

斲，血指汗颜，巧匠旁观，缩手袖间。子之文章，而不用世，乃令吾徒，掌帝之制。子之视人，自以无前，一斥不复①，群飞刺天②。

嗟嗟子厚，今也则亡，临绝之音，一何琅琅③！遍告诸友，以寄厥子④，不鄙谓余，亦托以死⑤。凡今之交，观势厚薄，余岂可保，能承子托？非我知子，子实命我，犹有鬼神，宁敢遗堕！念子永归，无复来期，设祭棺前，矢心以辞。呜呼哀哉，尚飨！

祭侯主簿文⑥

维年月日，吏部侍郎韩愈⑦，谨遣男殿中省进马佁⑧，致祭于亡友故国子主簿侯君之灵：呜呼！惟子

---

① 宗元被贬，竟卒于柳州，故云一斥不复。
② 飞，一作"非"，喻群小。刺天，喻其位高。
③ 琅琅，金玉声。谓其临终之言善也。
④ 宗元子幼（参阅墓志铭），临终以托诸友。
⑤ 言不以予为鄙陋，而亦托以死后事也。
⑥ 侯主簿，名喜，字叔起，官国子主簿。
⑦ 长庆二年九月，愈自兵部侍郎迁吏部侍郎。
⑧ 进马，官名，属殿中省，戎服执鞭，侍立于立仗马之左，随马进退，虽名管殿中，其实武职。佁，愈子，碑状及世系表无佁名，盖愈子之早殁者。

文学,今谁过之,子于道义,困不舍遗。

我狎我爱,人莫与夷①,自始及今,二纪于兹,我或为文,笔俾子持,唱我和我,问我以疑,我钓我游,莫不我随②,我寝我休,莫尔之私,朋友昆弟,情敬异施,惟我于子,无适不宜。弃我而死,嗟我之衰,相好满目,少年之时,日月云亡③,今其有谁!

谁不富贵,而子为羁,我无利权,虽怨曷为!子之方葬④,我方斋祠⑤,哭送不可,谁知我悲!呜呼哀哉,尚飨!

祭郑夫人文⑥

维年月日⑦,愈谨于逆旅备时羞之奠,再拜顿首,敢昭祭于六嫂荥阳郑氏夫人之灵⑧:呜呼!天祸我家,

---

① 夷,等夷也。
② 愈尝与喜渔于温洛,有诗云:"吾党侯生字叔起,呼我持竿钓温水。"
③ 一作"人之云亡"。
④ 方,一作"云"。
⑤ 言方以祠事从公也。
⑥ 郑夫人,愈兄起居舍人会之妻,愈少孤,育于郑。
⑦ 一作"贞元十一年";一作"贞元九年岁次癸酉九月朔日"。
⑧ 荥阳,县名,今河南荥阳市。

降集百殃,我生不辰①,三岁而孤②,蒙幼未知,鞠我者兄③。

在死而生,实维嫂恩。未龀一年④,兄宦王官⑤,提携负任,去洛居秦。念寒而衣,念饥而飧,疾疹水火⑥,无灾及身,劬劳闵闵⑦,保此愚庸,年方及纪,荐及凶屯⑧。兄罹谗口,承命远迁,穷荒海隅,夭阏百年⑨,万里故乡,幼孤在前,相顾不归,泣血号天!微嫂之力,化为夷蛮。水浮陆走,丹旐翩然⑩,至诚感神,返葬中原⑪。既克反葬,遭时艰难,百口偕行,避地江渍⑫。春秋霜露,荐敬蘋

① 《诗·大雅·桑柔》句。辰,时辰。
② 大历五年,愈父仲卿卒,时愈年三岁。
③ 仲卿殁,愈养于兄会舍。父卒而不及母,盖终丧已嫁也。
④ 龀,chèn,孩童毁齿也,《说文》:"男八月生齿,八岁而龀。女七月生齿,七岁而龀。"
⑤ 王官,地名,故城在今山西虞乡县南。
⑥ 疹,zhěn,病名;一本作"㽲"。
⑦ 闵闵,忧惧之貌。
⑧ 大历十二年五月,会坐元载党自起居舍人贬韶州刺史,愈时年十一,从至贬所。
⑨ 会卒于韶,年四十二。
⑩ 丹旐,丧家所用之铭旌,王褒诗:"丹旐书空使。"
⑪ 谓葬于河阳。
⑫ 建中二年,中原多故,愈避地江左。渍,水涯。

鬻，以享韩氏之祖考，曰此韩氏之门。

视余犹子，诲化谆谆，爰来京师①，年在成人，屡贡于王，名迺有闻。念兹顿顽②，非训曷因，感伤怀归，陨涕熏心！苟容躁进，不顾其躬，禄仕而还，以为家荣，奔走乞假，东西北南，孰云此来，迺睹灵车，有志弗及，长负殷勤！呜呼哀哉！昔在韶州之行③，受命于元兄，曰："尔幼养于嫂，丧服必以期！"④今其敢忘，天实临之！

呜呼哀哉！日月有时，归合莹封，终天永辞，绝而复苏。伏惟尚飨！

祭十二郎文⑤

年月日⑥，季父愈闻汝丧之七日⑦，乃能衔哀致

---

① 贞元二年，愈自宣州游京师。
② 顿，读如钝；一本即作"钝"。
③ 韶州，今广东省韶关市曲江区。
④ 嫂叔旧无服，贞观中魏征、令狐德棻等议请服小功五月，制可，愈幼养于嫂，服期所以报也。
⑤ 十二郎，愈兄率府参军介次子，名老成，会无子，以老成为后。
⑥ 一作"贞元十九年五月二十六日"。
⑦ 七日乃祭者，以所报月日不同，欲审其实，故迟迟若此。

诚，使建中远具时羞之奠①，告汝十二郎之灵：呜呼！吾少孤，及长，不省所怙②，惟兄嫂是依③。中年，兄殁南方④，吾与汝俱幼，从嫂归葬河阳⑤，既又与汝就食江南⑥，零丁孤苦，未尝一日相离也。吾上有三兄，皆不幸早世，承先人后者，在孙惟汝，在子惟吾，两世一身，形单影只，嫂常抚汝指吾而言曰："韩氏两世，惟此而已！"汝时尤小，当不复记忆，吾时虽能记忆，亦未知其言之悲也。吾年十九⑦，始来京城。其后四年，而归视汝。又四年，吾往河阳省坟墓，遇汝从嫂丧来葬。又二年，吾佐董丞相于汴州⑧，汝来省吾；止一岁，请归取其孥。明年，丞相薨⑨，吾去汴州，汝不果来。是年，吾佐戎徐州⑩，

---

① 建中，人名。
② 怙，谓父也，《诗·小雅·蓼莪》："无父何怙。"
③ 兄即会，嫂即郑夫人。
④ 会卒于韶州。
⑤ 河阳，县名，今河南孟州有河阳故城。
⑥ 建中二年，愈与老成避地江左，家于宣州。
⑦ 贞元二年。
⑧ 董丞相，董晋。贞元十三年，晋帅汴州，辟愈为节度推官。汴州，今河南开封市。
⑨ 贞元十五年二月，董晋卒。
⑩ 是岁秋，张建封辟愈为徐州节度推官。

使取汝者始行，吾又罢去，汝又不果来①。吾念汝从于东，东亦客也，不可以久，图久远者，莫如西归，将成家而致汝，呜呼！孰谓汝遽去吾而殁乎！吾与汝俱少年，以为虽暂相别，终当久相与处，故舍汝而旅食京师，以求斗斛之禄；诚知其如此，虽万乘之公相，吾不以一日辍汝而就也！

去年，孟东野往，吾书与汝曰："吾年未四十，而视茫茫②，而发苍苍，而齿牙动摇。念诸父与诸兄，皆康强而早世，如吾之衰者，其能久存乎？吾不可去，汝不肯来，恐旦暮死，而汝抱无涯之戚也。"孰谓少者殁而长者存，强者夭而病者全乎！呜呼！其信然邪？其梦邪？其传之非其真邪？信也，吾兄之盛德而夭其嗣乎？汝之纯明而不克蒙其泽乎？少者强者而夭殁，长者衰者而存全乎？未可以为信也。梦也，传之非其真也，东野之书，耿兰之报③，何为而在吾侧也？呜呼！其信然矣！吾兄之盛德而夭其嗣矣！汝之纯明宜业其家者，不克蒙其泽矣！所谓

---

① 贞元十六年五月，张建封卒，愈西归洛阳。
② 茫茫，一作"荒荒"，古荒忽、茫忽之类，皆一字，义多相近。
③ 耿兰，家人名。

天者诚难测，而神者诚难明矣！所谓理者不可推，而寿者不可知矣！虽然，吾自今年来，苍苍者或化而为白矣，动摇者或脱而落矣，毛血日益衰，志气日益微，几何不从汝而死也；死而有知，其几何离，其无知，悲不几时，而不悲者无穷期矣！汝之子始十岁①，吾之子始五岁②，少而强者不可保，如此孩提者，又可冀其成立邪？呜呼哀哉！呜呼哀哉！汝去年书云："比得软脚病，往往而剧。"吾曰："是疾也，江南之人，常常有之。"未始以为忧也。呜呼！其竟以此而殒其生乎？抑别有疾而至斯乎？汝之书，六月十七日也；东野云：汝殁以六月二日；耿兰之报无月日。盖东野之使者，不知问家人以月日，如耿兰之报，不知当言月日，东野与吾书，乃问使者，使者妄称以应之耳，其然乎？其不然乎？今吾使建中祭汝，吊汝之孤，与汝之乳母。彼有食可守以待终丧，则待终丧而取以来；如不能守以终丧，则遂取以来。其余奴婢，并令守汝丧。吾力能

---

① 老成子湘也，老成有二子，曰湘，曰滂，介子百川死，无后，愈命滂归后其祖介，老成死，湘年十岁。
② 昶也，昶登长庆四年第。

改葬,终葬汝于先人之兆,然后惟其所愿。

呜呼!汝病吾不知时,汝殁吾不知日,生不能相养以共居,殁不得抚汝以尽哀,敛不凭其棺,窆不临其穴①,吾行负神明而使汝夭,不孝不慈,而不得与汝相养以生,相守以死,一在天之涯,一在地之角,生而影不与吾形相依,死而魂不与吾梦相接,吾实为之,其又何尤!彼苍者天,曷其有极!自今已往,吾其无意于人世矣。当求数顷之田于伊、颍之上②,以待余年,教吾子与汝子,幸其成,长吾女与汝女,待其嫁,如此而已!呜呼!言有穷而情不可终,汝其知也邪?其不知也邪?呜呼哀哉,尚飨!

潮州祭神文③

维年月日,潮州刺史韩愈④,谨以清酌殽脩之

---

① 窆,biǎn,下棺于墓穴。墓地茔兆曰穴。
② 田百亩曰顷。伊、颍,二水名,伊水出河南卢氏县东南,注于洛。颍水,出河南登封市西境颍谷,东南入安徽注于淮。
③ 原有五篇,此其第二篇,祭湖神也。
④ "刺史"以上,一作"维元和十四年岁次己亥,六月丁未朔,六日壬子持节潮州诸军事守潮州刺史"。

奠①，祈于大湖神之灵曰：稻既穟矣②，而雨，不得熟以获也；蚕起且眠矣，而雨，不得老以簇也③。岁且尽矣，稻不可以复种，而蚕不可以复育也，农夫桑妇，将无以应赋税继衣食也。

非神之不爱人，刺史失所职也。百姓何罪，使至极也？神聪明而端一，听不可滥以惑也。刺史不仁，可坐以罪；惟彼无辜，惠以福也。划劙云阴④，卷月日也。幸身有衣，口得食，给神役也。充上之须，脱刑辟也。选牲为酒，以报灵德也；吹击管鼓，侑香洁也⑤；拜庭跪坐，如法式也；不信当治⑥，疾殃殂也。神其尚飨！

---

① 腶，duàn；锻脯加姜桂曰腶脩，《礼记·郊特牲》："大飨尚腶脩而已矣。"
② 穟，suì，禾秀貌。
③ 簇，丛聚。
④ 以刀划破物曰划。分割曰劙；劙，lí。
⑤ 侑，佐。
⑥ 当治，犹当官，刺史自谓也。

碑

平淮西碑 ①

天以唐克肖其德②。圣子神孙，继继承承，於千万年③，敬戒不怠；全付所覆，四海九州，罔有内外，悉主悉臣④。高祖太宗，既除既治⑤。高宗中睿，休养生息。至于玄宗，受报收功，极炽而丰，物

---

① 宰相裴度为淮西宣慰处置等使，愈为行军司马，蔡平，随度还朝，诏撰"平淮西碑"，愈多归美于度，而李愬以入蔡功第一，愬妻唐安公主之女诉碑不实，诏斫其文，更命翰林学士段文昌为之，《旧唐书·韩愈传》说如此；或谓碑文归美宰相，弥以恢崇朝廷，李愬櫜鞬迎度于蔡，未必因此怨望，详公文，盖以其碑首指斥请罢兵者太切直，致被谗而拽倒耳。
② 肖，相似。言唐之子孙，其德相似。
③ 於，wū，叹美辞。
④ 谓悉以为主而臣之也。
⑤ 除，除乱。

碑

众地大,孽牙其间①。肃宗代宗,德祖顺考,以勤以容;大慝适去②,稂莠不薅③,相臣将臣,文恬武嬉,习熟见闻,以为当然。

睿圣文武皇帝④,既受群臣朝,乃考图数贡曰⑤:"呜呼!天既全付予有家,今传次在予,予不能事事,其何以见于郊庙⑥!"群臣震慑,奔走率职。明年,平夏⑦,〔又明年〕平蜀⑧,又明年,平江东⑨,又明年,平泽潞⑩,遂定易定⑪,致魏博贝

---

① 孽牙,萌芽。此指安史之乱肇自天宝以后,据有兵柄者,递时抗挠朝命,逐帅自立留后,至于不可爬梳。
② 大慝,谓安禄山、史思明之属。
③ 稂莠,皆害苗草。薅,hāo,除草。
④ 谓宪宗也,元和三年正月受此尊号。
⑤ 谓考舆地之广狭,计贡赋也。
⑥ 谓祭也。
⑦ 永贞元年八月,夏绥银节度留后李惠琳叛,元和元年三月,兵马使张承全讨斩之。
⑧ 永贞元年八月,剑南节度使韦皋卒,行军司马刘辟自称留后,元和元年九月,东川节度使高崇文擒辟以献。
⑨ 元和二年十月,镇海节度使李锜反,兵马使张子良执锜送京师。
⑩ 元和五年,昭义节度卢从史阴与王承宗通谋,吐突承璀诱执从史送京师。按以上纪年,碑文与史不同。泽州故治,今山西晋城。潞州故治,今山西长治。
⑪ 元和五年十月,义武节度使张茂昭以定、易二州归有司。定州故治,今河北定州。易州故治,今河北易县。

卫澶相①，无不从志。皇帝曰："不可究武，予其少息。"

九年，蔡将死，蔡人立其子元济以请，不许②；遂烧舞阳，犯叶、襄城，以动东都，放兵四劫③。皇帝历问于朝，一二臣外④，皆曰："蔡帅之不廷授，于今五十年，传三姓四将⑤，其树本坚，兵利卒顽，不与他等，因抚而有，顺且无事。"大官臆决唱声⑥，万口和附，并为一谈，牢不可破。皇帝曰："惟天

---

① 元和七年十月，魏博节度使田弘正以所管六州归于有司，贝、卫、澶、相四州，皆魏博节度使所管，盖兼魏、博为六州也。魏州故治，在今河北大名县东十里，魏博节度使治此。博州故治，在今山东聊城西北十五里。贝州故治，今河北清河县。卫州故治，今河南卫辉。澶州故治，在今河北清丰县南二十五里；澶，chán。相州故治，今河南安阳市。
② 元和九年闰八月，彰义节度使吴少阳卒，其子元济匿不发丧，以病闻，伪表请元济主兵，不许。
③ 元和十年正月，元济反，纵兵略东都附近。舞阳，今河南舞阳县。叶，今河南叶县。襄城，今河南襄城县。
④ 一二臣，指李吉甫、武元衡等，盖除此数臣外，无赞伐蔡之谋也。
⑤ 广德元年十月，以李忠臣为河西节度使，贞元二年四月以陈奇，十月以吴少诚，是为三姓，大历十四年三月，忠臣为其将李希烈所逐，自为节度，忠臣、希烈、少诚、少阳是为四将。
⑥ 谓以意决之而同声附和。时韦贯之、李逢吉、卫次公、王涯等，皆请罢兵。

碑

惟祖宗，所以付任予者，庶其在此，予何敢不力！况一二臣同，不为无助。"曰："光颜！汝为陈、许帅①，维是河东、魏博、郃阳三军之在行者，汝皆将之②！曰："重胤！汝故有河阳怀，今益以汝③，维是朔方、义成、陕、益、凤翔、延、庆七军之在行者，汝皆将之④！"曰："弘！汝以卒万二千属而子公武往讨之⑤！"曰："文通！汝守寿⑥，维是宣武、

---

① 元和九年十月，以陈州刺史李光颜为忠武节度使，忠武管陈、许二州。陈州，今河南淮阳县治。许州故治，今河南许昌市。
② 元和十年正月，命宣武等十六道进军讨元济，以光颜等分掌行营，二月，命神策军郃阳镇遏将索日进以泾原兵六百人会光颜。河东节度使，治太原府，今山西太原。郃阳，县名，今属陕西。按是时镇河东者王锷、张弘靖，王锷于十年十二月卒，史未有河东遣将助讨淮西之文，盖漏去也。
③ 元和九年闰八月，以河阳节度使乌重胤为汝州刺史，充河阳怀汝节度使，徙理汝州。河阳节度使，本治河阳城，在今河南孟州市西，元和中，徙镇汝州，今河南汝州。怀州，今河南沁阳。
④ 朔方军治灵州，在今甘肃灵武县西南。义成管郑、滑二州，治滑，故治在今河南滑县东二十里。陕、益即剑南东西川。凤翔，今陕西凤翔县。延，属鄜坊丹延节度使，故治在今陕西延安。庆，属邠宁节度使，故治即今甘肃庆阳。
⑤ 元和十年九月，以宣武节度使韩弘为淮西诸军都统，弘请使子公武以兵万三千会蔡下，归财与粮，以济诸军。
⑥ 元和十年十二月，以左金吾大将军李文通为寿州团练使。寿州，即今安徽寿县。

淮南、宣歙、浙西四军之行于寿者,汝皆将之①!"曰:"道古!汝其观察鄂岳②。"曰:"愬!汝帅唐、邓、随③,各以其兵进战!"曰:"度!汝长御史,其往视师④!"曰:"度!惟汝予同,汝遂相予⑤,以赏罚用命不用命!"曰:"弘!汝其以节都统诸军!"曰:"守谦!汝出入左右,汝惟近臣,其往抚师⑥!"曰:"度!汝其往,衣服饮食予士,无寒无饥,以既厥事,遂生蔡人!赐汝节斧通天御带,卫卒三百⑦,凡兹廷臣,汝择自从,惟其贤能,无惮大吏⑧!庚

---

① 宣武军本治宋州,后徙治汴。淮南道,管舒、庐、寿、滁、和五州,在今安徽。宣州,治今安徽宣城。歙州,今安徽歙县。浙西道,管杭州、湖州,在今浙江。
② 元和十一年,以黔州观察使李道古为鄂岳观察使。鄂州故治,今湖北省武汉市江夏区。岳州故治,今湖南岳阳。
③ 元和十一年十二月,以太子詹事李愬为唐邓随节度使。唐州故治,今河南唐县。邓州故治,在今河南邓州市东南。随州故治,今湖北随县。
④ 裴度为御史中丞,故云长。元和十年五月,帝遣度诣行营宣慰,察用兵形势。
⑤ 元和十年六月,以度为中书侍郎同平章事,十二年七月,度以宰相出为淮西宣慰处置使。
⑥ 元和十一年十一月,帝命知枢密梁守谦宣慰,因监其军。守谦,奄人也。
⑦ 元和十二年八月,度赴淮西,诏以神策军三百人卫从,赐以犀带。
⑧ 度以马总为副使,韩愈为行军司马,李正封、冯宿、李宗闵等为两使判官书记。

申,予其临门送汝①。"曰:"御史!予闵士大夫战甚苦,自今以往,非郊庙祠祀,其无用乐!"

颜、胤、武合攻其北,大战十六,得栅城县二十三,降人卒四万。道古攻其东南,八战,降万三千;再入申,破其外城②。文通战其东,十余遇,降万二千。愬入其西,得贼将,辄释不杀③,用其策,战比有功。十二年八月,丞相度至师,都统弘责战益急,颜、胤、武合战益用命,元济尽并其众洄曲以备④。十月壬申,愬用所得贼将,自文城因天大雪,疾驰百二十里,用夜半到蔡,破其门,取元济以献⑤,尽得其属人卒。辛巳,丞相度入蔡,以皇帝命,赦其人,淮西平。大飨赉功。师还之日,因以其食赐

① 度行,帝御通化门送之。
② 元和十二年,道古攻申州,克其外郭。申州故治,在今河南信阳。
③ 元和十二年五月,淮西骑将李祐率士卒刈麦于张柴村,李愬令厢虞候史用诚生擒以归,释之而待以客礼。
④ 四月,蔡人董昌龄以郾城降,李光颜引兵入据之,时董重质将骡军守洄曲,元济悉发亲近及守城卒诣重质以拒之。洄曲,一名时曲,在河南郾城东南三十里。
⑤ 贼将,指李祐。祐谓愬曰:"蔡之精兵皆在洄曲,可乘虚直抵其城北。"愬然之,乘雪夜入蔡,生擒元济。文城,文城栅也,在河南遂平县西南五十里。蔡,今河南汝南县。

蔡人。凡蔡卒三万五千，其不乐为兵愿归为农者十九，悉纵之。斩元济京师。

册功，弘加侍中；愬为左仆射，帅山南东道；颜、胤皆加司空，公武以散骑常侍帅鄜坊丹延；道古进大夫；文通加散骑常侍；丞相度朝京师，道封晋国公，进阶金紫光禄大夫，以旧官相；而以其副总为工部尚书，领蔡任①。

既还奏，群臣谓纪圣功，被之金石。皇帝以命臣愈，臣愈再拜稽首而献文曰：唐承天命，遂臣万邦，孰居近土，袭盗以狂。往在玄宗，崇极而圮②，河北悍骄③，河南附起④。四圣不宥⑤，屡兴师征，有不能克，益戍以兵。夫耕不食，妇织不裳，输之以车，为卒赐粮。外多失朝⑥，旷不岳狩⑦，百隶怠官⑧，

---

① 以蔡州留后马总为蔡州刺史彰义节度使。
② 谓盛极而衰。圮，毁。
③ 安史既平，燕、赵、魏相继而起。
④ 谓郓、蔡之属居河南者。
⑤ 四圣，肃宗、代宗、德宗、顺宗。
⑥ 谓为乱者所隔，各方不得朝觐。
⑦ 谓巡狩四岳之礼，多旷废也。
⑧ 百隶，一作"百司"；一作"司隶"。

碑

事亡其旧。帝时继位，顾瞻咨嗟："惟汝文武，孰恤予家？"既斩吴蜀，旋取山东①，魏将首义，六州降从。淮蔡不顺，自以为强，提兵叫讙，欲事故常。始命讨之，遂连奸邻②，阴遣刺客，来贼相臣③。方战未利，内惊京师，群公上言："莫若惠来。"帝为不闻④，与神为谋，乃相同德，以讫天诛。乃敕颜、胤、愬、武、古、通，咸统于弘⑤，各奏汝功。三方分攻⑥，五万其师，大军北乘，厥数倍之⑦。常兵时曲⑧，军士蠢蠢，既翦陵云⑨，蔡卒大窘。胜之郾陵⑩，郾城来降⑪，自夏入秋，复屯相望。兵顿不励，告功不时，

---

① 唐以河南河北地为山东，宪宗平卢从史，其邢、洺、磁三州，本隶河北道，故云山东。
② 奸邻，谓李师道。
③ 元和十年六月，宰相武元衡入朝，李师道遣刺客暗中突出射之；又击裴度伤首。
④ 言群臣皆请罢兵而帝不听。
⑤ 谓以韩弘为都统。
⑥ 即上所言道古攻其东南文通战其东，李愬入其西也。
⑦ 二句叙颜、胤、武合攻。
⑧ 元和十年五月。光颜大破贼于时曲。时曲，即洄曲。
⑨ 元和十一年九月，光颜奏拔陵云栅。陵云栅在今河南商水县西。
⑩ 邵陵，在今河南郾城东。
⑪ 元济以董昌龄令郾城，而质其母杨，杨以去逆告昌龄，昌龄乃举城降。自常兵时曲至此，要言前大战十六得栅城县二十三。

帝哀征夫，命相往釐①。士饱而歌，马腾于槽，试之新城，贼遇败逃②。尽抽其有，聚以防我，西师跃入，道无留者。额额蔡城③，其疆千里，既入而有，莫不顺俟。帝有恩言，相度来宣，诛止其魁，释其下人。蔡之卒夫，投甲呼舞，蔡之妇女，迎门笑语。蔡人告饥，船粟往哺，蔡人告寒，赐以缯布。始时蔡人，禁不往来，今相从戏，里门夜开。始时蔡人，进战退戮，今旰而起④，左飧右粥。为之择人，以收余惫，选吏赐牛，教而不税。蔡人有言："始迷不知，今乃大觉，羞前之为。"蔡人有言："天子明圣，不顺族诛，顺保性命。汝不吾信，视此蔡方，孰为不顺，往斧其吭。凡叛有数，声势相倚，吾强不支，汝弱奚恃？其告而长，而父而兄，奔走偕来，同我太平！"淮蔡为乱，天子伐之，既伐而饥，天子活之。始议伐蔡，卿士莫随，既伐四年，小大并疑。

---

① 釐，理。
② 二句所谓颜、胤、武合战益用命也。
③ 《书·益稷》："罔昼夜额额。"谓肆恶无休息。
④ 旰，晚。

不赦不疑，由天子明，凡此蔡功，惟断乃成①。既定淮蔡，四夷毕来，遂开明堂，坐以治之。

南海神庙碑②

海于天地间，为物最巨，自三代圣王，莫不祀事。考于传记，而南海神次最贵，在北东西三神河伯之上③，号为祝融④。天宝中，天子以为古爵莫贵于公侯，故海岳之祝，牲币之数，放而依之，所以致崇极于大神；今王亦爵也，而礼海岳尚循公侯之事，虚王仪而不用，非致崇极之意也。由是册尊南海神为广利王⑤，祝号祭式，与次俱升⑥。因其故庙，易而新之，在今广州治之东南⑦，海道八十里，扶胥

---

① 愈有《论淮西事宜状》云："所未可知者，在陛下断与不断耳。"此言平蔡之功，皆宪宗之能断也。
② 南海神庙，在今广东省广州市番禺区东南波罗江上，庙有波罗树，大可数十围，俗称波罗庙。
③ 河伯，河神。
④ 祝融，南海神名。
⑤ 天宝十年正月，封南海广利王。
⑥ 武德贞观之制，四海年别一祭，各以五郊迎气日祭之，祀官以当界刺史都督充，至是封王，分命卿监十三人，取三月十七日一时备礼兼册制祭。
⑦ 广州治，即今广东省省会。

之口^①，黄木之湾^②。常以立夏气至，命广州刺史行事祠下；事讫驿闻。而刺史常节度五岭诸军，仍观察其郡邑^③，于南方事无所不统，地大以远，故常选用重人，既贵而富，且不习海事；又当祀时，海常多大风，将往，皆忧戚，既进，观顾怖悸，故常以疾为解，而委事于其副，其来已久；故明宫斋庐，上雨旁风，无所盖障，牲酒瘠酸，取具临时，水陆之品，狼藉筵豆，荐裸兴俯^④，不中仪式，吏滋不供，神不顾享，盲风怪雨^⑤，发作无节，人蒙其害。

元和十二年，始诏用前尚书右丞国子祭酒鲁国孔公为广州刺史^⑥，兼御史大夫，以殿南服^⑦。公正直方严，中心乐易，祗慎所职，治人以明，事神以诚，内外单尽，不为表襮^⑧。至州之明年，将夏，祝

---

① 扶胥口，在今广东省广州市番禺区东南三江口，有扶胥镇。
② 黄木湾，与扶胥口相近。
③ 唐制岭南为五府，而岭南节度使观察四府事。
④ 裸，guàn，灌也，始祭酌郁鬯之酒，灌地以降神也。
⑤ 盲风，疾风，见《礼记·月令》。《山海经》："符阳之山多怪雨。"
⑥ 孔公，名戣，字君严，元和十二年七月，为岭南节度使。
⑦ 殿，diàn，定。南服，犹言南方。
⑧ 襮，表露，表白于外。

册自京师至,吏以时告。公乃斋被视册,誓群有司曰:"册有皇帝名①,乃上所自署,其文曰:'嗣天子某,谨遣官某敬祭。'其恭且严如是,敢有不承!明日,吾将宿庙下,以供晨事。"明日,吏以风雨白,不听;于是州府文武吏士凡百数,交谒更谏,皆揖而退②。公遂升舟,风雨少弛,櫂夫奏功③,云阴解驳,日光穿漏,波伏不兴。省牲之夕④,载旸载阴。将事之夜,天地开除,月星明穊⑤。五鼓既作,牵牛正中⑥,公乃盛服执笏以入即事,文武宾属,俯首听位,各执其职。牲肥酒香,樽爵静洁,降登有数,神具醉饱。海之百灵秘怪,慌惚毕出,蜿蜿虵虵⑦,来享饮食。阖庙旋舻⑧,祥飙送颿,旗纛旆旄⑨,飞扬晻

---

① 唐制,岳渎以上祝版,御署附中使送往。
② 先是诏祷南海神,多令从事代祠,𢾗每受诏,自犯风波而往。皆揖而退,谓揖而退之,不从其言也。
③ 櫂,同"棹"。
④ 谓祭之前一日。省牲,视涤濯也。
⑤ 穊,jì,稠密;一说,略也,谓略见也。
⑥ 牵牛,星名,《礼记·月令》:"季春之月,……旦牵牛中。"
⑦ 蜿,wān;蜿蜿,龙状。虵,同"蛇",yí;虵虵,安舒貌。
⑧ 谓祭毕而归。舻,lú,船尾。
⑨ 纛,dào,羽葆幢。

蔼①,铙鼓嘲轰②,高管噭噪③,武夫奋棹,工师唱和,穿龟长鱼,踊跃后先,乾端坤倪,轩豁呈露④。祀之之岁,风灾熄灭,人厌鱼蟹,五谷胥熟。明年祀归,又广庙宫而大之,治其庭坛,改作东西两序,斋庖之房,百用具修。明年其时,公又固往,不懈益虔,岁仍大和,耋艾歌咏⑤。

始公之至,尽除他名之税⑥,罢衣食于官之可去者。四方之使,不以资交,以身为帅,燕享有时,赏与以节,公藏私畜,上下与足。于是免属州负逋之缗钱廿有四万,米三万二千斛;赋金之州,耗金一岁八百,困不能偿,皆以丐之。加西南守长之俸⑦,诛其尤无良不听令者;由是皆自重慎法。人士之落南不能归者,与流徙之胄,百廿八族,用其才

---

① 晻蔼,旌旗蔽日貌。
② 铙,náo,乐器,如铃;又钹之大者曰铙。
③ 噭,jiào,号呼。噪,群呼烦扰也。
④ 谓天地开霁,皆见端倪也。
⑤ 八十曰耋。五十曰艾。
⑥ 初时番舶之至,泊岸有下碇之税,始至有阅货之宴,韩皆罢之。
⑦ 韩有《奏加岭南州县官课料钱状》,见《全唐文》。西南,一作"四面"。

良而廪其无告者①。其女子可嫁，与之钱财，令无失时。刑德并流，方地数千里，不识盗贼，山行海宿，不择处所，事神治人，其可谓备至耳矣！咸愿刻庙石以著厥美而系以诗，乃作诗曰：

南海阴墟，祝融之宅，即祀于旁，帝命南伯。吏惰不躬，正自今公，明用享锡，右我家邦。惟明天子，惟慎厥使，我公在官，神人致喜。海岭之陬②，既足既濡，胡不均弘，俾执事枢。公行勿迟！公无遽归！匪我私公，神人具依。

柳州罗池庙碑③

罗池庙者，故刺史柳侯庙也④。柳侯为州，不鄙夷其民⑤，动以礼法，三年，民各自矜奋，"兹土虽远京师，吾等亦天氓，今天幸惠仁侯，若不化服，

---

① 獒于广州府城北建广恩馆，以居南谪子孙不能自存者，岁拨田租千五百石以赡之。
② 陬，隅。
③ 柳州，唐州，今广西柳州市，罗池庙，在今广西柳州市东，祀唐刺史柳宗元。或谓此非铭罗池庙之文，吊宗元之文也。
④ 柳宗元以元和十年三月自永州司马为柳州刺史。
⑤ 谓不鄙之以为夷也，柳州古为百粤之地，故云。

我则非人。"于是老少相教语,莫违侯令。凡有所为于其乡闾及于其家,皆曰:"吾侯闻之,得无不可于意否?"莫不忖度而后从事。凡令之期,民劝趋之,无有后先,必以其时。于是民业有经,公无负租,流逋四归,乐生兴事,宅有新屋,步有新船①,池园洁修,猪牛鸭鸡,肥大蕃息,子严父诏,妇顺夫指,嫁娶葬送,各有条法,出相弟长,入相慈孝。先时民贫,以男女相质,久不得赎,尽没为隶,我侯之至,按国之故,以佣除本,悉夺归之②。大修孔子庙。城郭巷道,皆治使端正,树以名木。柳民既皆悦喜。尝与其部将魏忠、谢宁、欧阳翼饮酒驿亭,谓曰:"吾弃于时,而寄于此,与若等好也;明年吾将死,死而为神。后三年,为庙祀我!"及期而死③。

三年④,孟秋辛卯,侯降于州之后堂,欧阳翼

---

① 水际谓之步;又岭南谓水津为步。
② 柳州之俗,以男女质钱,子本相侔,则没为奴婢,宗元悉令赎归,其尤贫力不能者,令书其佣足相当,则使归其质。
③ 元和十四年十月,宗元卒。
④ 三年,宗元死后之三年也。

碑

等见而拜之。其夕,梦翼而告曰:"馆我于罗池!"其月景辰①,庙成,大祭,过客李仪醉酒,慢侮堂上,得疾,扶出庙门,即死。明年春,魏忠、欧阳翼使谢宁来京师,请书其事于石。余谓柳侯生能泽其民,死能惊动福祸之,以食其土,可谓灵也已。作《迎享送神诗》遗柳民,俾歌以祀焉,而并刻之②。柳侯,河东人,讳宗元,字子厚,贤而有文章,尝位于朝,光显矣,已而摈不用。其辞曰:

荔子丹兮蕉黄,杂肴蔬兮进侯堂。侯之船兮两旗③,度中流兮风泊之,待侯不来兮,不知我悲;侯乘驹兮入庙,慰我民兮不嚬以笑。鹅之山兮柳之水④,桂树团团兮白石齿齿⑤,侯朝出游兮暮来归,春与猿吟兮秋鹤与飞⑥,北方之人兮为侯是非⑦,千秋万

---

① 景辰,即丙辰,避唐世祖讳改(世祖名昞)。
② 宗元既没,柳人怀之,托言降于州之堂,有慢者辄死,庙于罗池,愈因碑以实之。
③ 柳人迎神,其俗以一船两旗,置木马偶人于舟,导之登岸而趋于庙。
④ 鹅山,在柳州市西;一作"峨山"。柳之水,出鹅山,即名峨水。
⑤ 团团,围聚貌。齿齿,排列貌。
⑥ 秋鹤与飞,即秋与鹤飞,因倒用而语势益劲。
⑦ 北方,中原也。言中原之人于侯有是非,勿往也。

岁兮侯无我违!福我兮寿我,驱厉鬼兮山之左,下无苦湿兮高无干,秔稌充羡兮蛇蛟结蟠①;我民报事兮,无怠其始,自今兮钦于世世。

---

① 秔,稻之不黏而晚熟者,俗作"粳"。稌,糯稻。言秔稌之穗如蛇蛟也。

墓志

司徒兼侍中中书令赠太尉许国公神道碑铭[①]

韩,姬姓,以国氏[②]。其先有自颍川徙阳夏者,其地于今为陈之太康[③];太康之韩,其称盖久,然自公始大著。

公讳弘。公之父曰海,为人魁伟沈塞,以武

---

① 韩弘,匡城人,累官宣武节度使,宪宗用兵,拜为诸军行营都统使,吴元济平,封许国公。神道碑,立于墓前孔道,以纪死者之生平,其与墓志铭不同处,则彼系埋墓中者。碑文称弘风甚至,然据弘本传及李光颜传,宪宗讨蔡,诏以光颜军当一面,光颜先破贼,弘挟贼自重,恶光颜,饬名姝相遗,光颜严词谢之,是愈碑文不实也。
② 韩姓出自唐叔虞之后,曲沃桓叔之子万,食邑于韩,因以为氏。
③ 颍川,秦置郡,故治在今河南禹州市。阳夏,汉县,隋改太康,唐因之,为今河南太康县。

勇游仕许、汴之间①,寡言自可,不与人交,众推以为巨人长者,官至游击将军,赠太师。娶乡邑刘氏女,生公,是为齐国太夫人。

夫人之兄曰司徒玄佐②,有功建中、贞元之间,为宣武军帅,有汴、宋、亳、颍四州之地③,兵士十万人。公少依舅氏,读书习骑射,事亲孝谨,侃侃自将④,不纵为子弟华靡遨放事,出入敬恭,军中皆目之。尝一抵京师,就明经试,退曰:"此不足发名成业!"复去,从舅氏学。将兵数百人,悉识其材鄙怯勇,指付必堪其事,司徒叹奇之,士卒属心,诸老将皆自以为不及。

司徒卒,去为宋南城将⑤,比六七岁,汴军连乱不定⑥。贞元十五年,刘逸淮死⑦,军中皆曰:"此军

---

① 许州,今河南许昌。汴州,今河南开封。
② 司徒,官名。玄佐,姓刘,滑州匡城人。
③ 建中二年正月,以宋州刺史刘玄佐为汴宋亳颍节度使。汴见上。宋、亳,见《张中丞传后叙》注。颍,今安徽阜阳。
④ 侃,kǎn;侃侃,不干虚誉也;一说,和乐貌。
⑤ 贞元八年二月,玄佐卒,四月,以其子士宁代为使,九年,军乱,逐士宁,以副使李万荣为使,弘出为宋州南城将。
⑥ 贞元十二年,李万荣病,其子迺自称兵马使,军乱,逐迺,以董晋为节度使,十五年,晋卒,以陆长源为使,军乱,杀长源,以刘逸淮为使。
⑦ 刘逸淮,《旧唐书》传作"逸准",后赐名全谅,怀州武陟人。

墓志

司徒所树，必择其骨肉为士卒所慕赖者付之。今见在人，莫如韩甥①；且其功最大，而材又俊。"即柄授之，而请命于天子。天子以为然，遂自大理评事拜工部尚书，代逸淮为宣武军节度使，悉有其舅司徒之兵与地。

当此时，陈许帅曲环死②，而吴少诚反③，自将围许，求援于逸淮，啖之以陈归汴④；使数辈在馆，公悉驱出斩之，选卒三千人，会诸军击少诚许下。少诚失势以走，河南无事。

公曰："自吾舅殁，五乱于汴者，吾苗薅而发栉之几尽⑤；然不一揃刈⑥，不足令震骇⑦。"命刘锷以其卒三百人待命于门，数之以数与于乱，自以为功，并斩之以徇，血流波道⑧。自是讫公之朝京师廿

---

① 韩甥，即韩弘，以其为玄佐之甥，故云。
② 曲环，陕州安邑人，为陈许节度使，贞元十五年八月卒。
③ 吴少诚，幽州潞人，德宗以为申、蔡、光等州节度使，贞元十四年反。
④ 啖，dàn，以利诱之。
⑤ 《淮南子·兵略训》："圣人之用兵也，若栉发薅苗，所去者少，而所利者多。"薅，见《平淮西碑》注。
⑥ 揃，与"翦"同。
⑦ 駴，与"骇"同。
⑧ 时汴州军多轻主师，刘锷者，凶卒之魁也，弘召锷与其党悉斩之，血流道中。

有一年，莫敢有讙呶叫号于城郭者。

李师古作言起事①，屯兵于曹，以吓滑帅，且告假道②。公使谓曰："汝能越吾界而为盗邪？有以相待，无为空言！"滑师告急③，公使谓曰："吾在此，公无恐！"或告曰："蒭棘夷道，兵且至矣，请备之！"公曰："兵来不除道也。"不为应。师古诈穷变索，迁延旋军④。

少诚以牛皮鞋材遗师古，师古以盐资少诚，潜过公界，觉，皆留，输之库，曰："此于法不得以私相馈。"

田弘正之开魏博⑤，李师道使来告曰⑥："我代与

---

① 李师古，纳子。作，或作"诈"。
② 时德宗崩，告哀使未至，义成节度李元素密以遗诏示师古，师古欲乘国丧噬邻境，发兵屯曹州，且告假道于汴。曹州治济阴，在今山东曹县西北。义成军治滑州。今河南滑县，故曰滑帅。
③ 师，或亦作"帅"。
④ 师古闻顺宗即位，乃罢兵。
⑤ 田弘正，本名兴，字安道，赐名弘正，元和七年八月，魏博节度使田季安卒，子怀谏幼弱，军政皆决于家僮蒋士则，众皆愤怒，时兴为兵马使，晨入府，士卒大噪环拜，请为留后，十月，诏以兴为节度使。
⑥ 李师道，师古异母弟，元和元年闰六月，师古卒，以师道为留后。

墓志

田氏约相保援,今弘正非其族,又首变两河事①,亦公之所恶,我将与成德合军讨之②,敢告!"公谓其使曰:"我不知利害,知奉诏行事耳,若兵北过河,我即东兵以取曹。"师道惧,不敢动,弘正以济。

诛吴元济也,命公都统诸军曰:"无自行,以遏北寇!"公请使子公武以兵万三千人会讨蔡下;归财与粮,以济诸军;卒擒蔡奸③。于是以公为侍中,而以公武为鄜坊丹延节度使④。

师道之诛,公以兵东下,进围考城,克之;遂进迫曹,曹寇乞降⑤。郓部既平⑥,公曰:"吾无事于此,其朝京师⑦!"天子曰:"大臣不可以暑行,其

---

① 谓弘正不请为留后,奉土地兵众,坐待诏命。
② 成德军治恒州,在今河北正定县北。时王承宗为成德节度使。
③ 公武,字从偃。据《新唐书》,弘不亲行,遣公武领兵属光颜,阴为逗挠计,此文与不合。
④ 元和十二年十一月,录平淮西功,公武检校左散骑常侍渭北节度使,领鄜坊丹延节度使。
⑤ 弘本挟贼自重,元济既平,弘惧,元和十三年九月,自将兵击李师道,围曹州,十四年正月,拔考城。二月,平卢都将刘悟击师道斩之。考城,今河南兰考县东。
⑥ 平卢自李正己后,兼领兖郓诸州,故曰郓部。
⑦ 李师道诛,弘大惧,因请入朝。

秋之待!"公曰:"君为仁,臣为恭,可矣。"遂行。既至,献马三千匹,绢五十万匹,他锦纨绮缬又三万①,金银器千,而汴之库厩,钱以贯数者,尚余百万,绢亦合百余万匹,马七千,粮三百万斛,兵械多至不可数;初公有汴,承五乱之后,掠赏之余,且敛且给,恒无宿储,至是公私充塞,至于露积不垣。册拜司徒,兼中书令。进见上殿,拜跪给扶②。赞元经体,不治细微,天子敬之。元和十五年,今天子即位,公为冢宰③,又除河中节度使④。在镇三年,以疾乞归,复拜司徒、中书令。病不能朝,以长庆二年十二月三日⑤,薨于永崇里第⑥,年五十八。天子为之罢朝三日,赠太尉,赐布粟,其葬物有司官给之,京兆尹监护⑦。明年七月某日,葬于万年县少陵原⑧,

---

① 绮,今之细绫。缬,xié,结缯彩为文也。
② 晋宋故事,位尊年耆者,加兵给扶。
③ 穆宗即位,以弘摄冢宰。
④ 河中治今山西永济市。
⑤ 长庆,穆宗年号。
⑥ 唐长安城东第一街第九永崇坊,为韩弘宅。
⑦ 愈时以京兆尹监护其丧。
⑧ 万年县,今陕西省西安市长安区。

墓志

京城东南三十里；楚国夫人翟氏祔①。子男二人，长曰肃元，某官，次曰公武，某官。肃元早死。公之将薨，公武暴病先卒，公哀伤之；月余，遂薨。无子，以公武子孙绍宗为主后。

汴之南则蔡，北则郓，二寇患公居间，为己不利，卑身佞辞，求与公好，荐女请昏，使日月至；既不可得，则飞谋钓谤，以间染我；公先事候情，坏其机牙，奸不得发，王诛以成，最功定次，孰与高下？公子公武，与公一时俱授弓钺，处藩为将，疆土相望；公武以母忧去镇，公母弟充自金吾代将渭北②；公以司徒中书令治蒲③，于时，弟充自郑滑节度平宣武之乱，以司空居汴④；自唐以来，莫与为比。公之为治，严不为烦，止除害本，不多教条。与人必信，吏得其职。赋入无所漏失，人安乐之，在所以富。公与人有畛域，不为戏狎，人得一笑语，重

---

① 合葬曰祔。
② 充本名璀，初为右金吾卫将军，元和十五年，代公武镇渭北。
③ 蒲，今山西永济市。
④ 长庆二年七月，汴州逐节度李愿，立牙将李岕为留后，充自义成节度移镇宣武，八月，汴州监军斩岕降，充入汴州。

于金帛之赐。其罪杀人,不发声色,问法何如,不自为轻重,故无敢犯者。

其铭曰:

在贞元世,汴兵五猘①,将得其人,众乃一愒②。其人为谁?韩姓许公,磔其枭狼,养以雨风,桑谷奋张③,厥壤大丰。贞元元孙④,命正我宇,公为臣宗,处得地所。河流两堧⑤,盗连为群,雄唱雌和,首尾一身。公居其间,为帝督奸⑥,察其嚵呻,与其睨眴⑦。左顾失视,右顾而踧,蔡先郓鉏,三年而墟,槁干四呼,终莫敢濡,常山、幽都⑧,孰陪孰扶,天施不留,其讨不逋,许公预焉,其赉何如?悠悠四方,既广既长。无有外事,朝廷之治。许公来朝,车马干戈,相乎将乎,威仪之多。将则是矣,相则

---

① 猘,zhì,狂犬。谓刘玄佐死后之汴州五乱。
② 愒,息也,与"憩"同。
③ 奋,暴长。
④ 贞元皇帝之孙宪宗。
⑤ 堧,ruán,江河边地。
⑥ 督,监察。
⑦ 睨眴,nì xún,邪视;又目动貌。
⑧ 常山,恒州,指成德军。幽都,幽州,指卢龙军。

三公，释师十万，归居庙堂。上之宅忧①，公让太宰，养安蒲坂②，万邦绝等。有弟有子，提兵守藩，一时三侯，人莫敢扳③。生莫与荣，殁莫与令，刻文此碑，以鸿厥庆。

李元宾墓铭

李观，字元宾，其先陇西人也④，始来自江之东。年二十四，举进士。三年，登上第⑤。又举博学宏辞，得太子校书一年。年二十九⑥，客死于京师。既敛之三日，友人博陵崔弘礼葬之于国东门之外七里⑦，乡曰庆义，原曰嵩原。友人韩愈书石以志之。

辞曰：

已乎元宾！寿也者，吾不知其所慕，夭也者，

---

① 上，谓穆宗。
② 蒲坂，在今山西永济市。此指弘出镇河中。
③ 扳，与"攀"同。
④ 陇西，今甘肃。
⑤ 贞元八年。
⑥ 贞元十三年。
⑦ 博陵，郡名，今河北定州。崔弘礼，字从周，磊落有大志，官至刑部尚书，为东都留守，卒。

吾不知其所恶;生而不淑,孰谓其寿,死而不朽,孰谓之夭。已乎元宾!才高乎当世,而行出乎古人①。已乎元宾!竟何为哉!竟何为哉!

唐朝散大夫赠司勋员外郎孔君墓志铭②

昭义节度卢从史有贤佐曰孔君③,讳戡,字君胜④。从史为不法⑤,君阴争不从,则于会肆言以折之,从史羞,面颈发赤,抑首伏气,不敢出一语以对。立为君更令改章辞者⑥,前后累数十;坐则与从史说古今君臣父子道,顺则受成福,逆辄危辱诛死,曰:"公当为彼,不得为此⑦!"从史常耸听喘汗。居五六岁,益骄,有悖语,君争,无改悔色,则悉引从事空一府往争之;从史虽羞,退益甚。君泣语其徒曰:"吾所为止于是,不能以有加矣!"遂以

---

① 志中不称元宾之长,而铭中着此二语,即见元宾之人。
② 孔君,名戡,孔子三十六世孙,时与愈分司东都,卒,愈为此铭。
③ 昭义军治潞州,今山西长治。
④ 贞元二十年八月,以卢从史为昭义节度使,从史表戡为书记。
⑤ 从史既得志,寖恣不道,至夺部将妻。
⑥ 章辞,章奏之辞。
⑦ 从史与王承宗、田绪阴相连结,欲效河朔事以固其位,戡每秉笔,至不轨之言,极言其不可。

墓志

疾辞去,卧东都之城东,酒食伎乐之燕不与。当是时,天下以为贤,论士之宜在天子左右者,皆曰孔君、孔君云。

会宰相李公镇扬州①,首奏起君,君犹卧不应。从史读诏曰:"是故舍我而从人耶!"即诬奏君前在军有某事。上曰:"吾知之矣!"奏三上,乃除君卫尉丞,分司东都。诏始下,门下给事中吕元膺封还诏书②,上使谓吕君曰:"吾岂不知戡也,行用之矣!"明年,元和五年正月,将浴临汝之汤泉③;壬子,至其县食,遂卒,年五十七。公卿大夫士相吊于朝,处士相吊于家。君卒之九十六日,诏缚从史送阙下④,数以违命,流于日南⑤。遂诏赠君尚书司勋员外郎,盖用尝欲以命君者信其志⑥。其年八月甲

---

① 元和二年九月,以宰相李吉甫为淮南节度使。
② 贞元中,藩帅诬奏从事者,皆不验理,即降黜,及戡诏下,吕元膺执之,帝令慰谕,元膺方下诏。元膺,字景夫,郓州东平人。
③ 临汝,县名,故城在今河南汝阳县东。
④ 从史丁父忧,献计诛王承宗,由是夺服复领泽潞,因诏讨贼,从史奉诏,勒兵逗留,阴与承宗连,宪宗敕吐突承璀以计执之,送京师。
⑤ 从史被执至京师,贬骧州司马。日南,郡名,今越南中部,骧州即在日南。
⑥ 信,通"伸"。

申，从葬河南河阴之广武原①。

君于为义若嗜欲，勇不顾前后，于利与禄，则畏避退处，如怯夫然②。始举进士第，自金吾卫录事为大理评事，佐昭义军③；军帅死④，从史自其军诸将代为帅，请君曰："从史起此军行伍中，凡在幕府，唯公无分寸私，公苟留，唯公之所欲为！"君不得已留，一岁再奏，自监察御史至殿中侍御史⑤。从史初听用其言，得不败，后不听信，恶益闻，君弃去，遂败。

祖某，某官，赠某官⑥。父某，某官，赠某官⑦。君始娶弘农杨氏女⑧，卒，又娶其舅宋州刺史京兆韦屺女⑨，皆有妇道。凡生一男四女，皆幼。前夫人从葬舅姑兆次，卜人曰："今兹岁未可以祔。"从卜人

---

① 河阴，县名，今河南荥阳市东北。
② 此文全篇只写一事，惟此五句在事外，然止是虚写。
③ 时李长荣为昭义节度使。
④ 贞元二十年六月，李长荣卒。
⑤ 从史初甚重戢，故一岁中奏迁其官者再。
⑥ 祖名如圭，海州司户，赠工部员外郎。
⑦ 父名岑父，著作郎，赠驾部员外郎。
⑧ 弘农，县名，故城在今河南灵宝市东。
⑨ 京兆，唐时帝都所在，即今陕西省西安市长安区。

言,不祔。君母兄粲,尚书兵部员外郎。母弟戣,殿中侍御史,以文行称朝廷;将葬,以韦夫人之弟前进士楚材之状授愈曰:"请为铭!"铭曰:允义孔君,兹惟其藏,更千万年,无敢坏伤。

试大理评事王君墓志铭

君讳适,姓王氏,好读书,怀奇负气,不肯随人后举选。见功业有道路可指取有,名节可以戾契致①,困于无资地,不能自出,乃以干诸公贵人,借助声势;诸公贵人既志得,皆乐熟软媚耳目者,不喜闻生语,一见辄戒门以绝。上初即位②,以四科募天下士③,君笑曰:"此非吾时邪!"即提所作书,缘道歌吟,趋直言试④。既至,对语惊人。不中第,益困⑤。

---

① 契,本作"夹",扭转曰戾,多节目谓之夹,谓名节可以扭转枝节而致之也。
② 上,宪宗。
③ 元和元年四月,试博通坟典达于教化科,才识兼茂明于体用科,达于吏理可使从政科,军谋宏远堪任将帅科。
④ 适被举贤至方正直言极谏科。
⑤ 以直见黜。

久之，闻金吾李将军年少喜士①，可撼，乃踖门告曰②："天下奇男子王适，愿见将军白事！"一见语合意，往来门下。卢从史既节度昭义军，张甚，奴视法度士，欲闻无顾忌大语，有以君生平告者，即遣客钩致，君曰："狂子不足以共事！"立谢客。李将军由是待益厚，奏为其卫胄曹参军，充引驾仗判官，尽用其言。将军迁帅凤翔③，君随往，改试大理评事，摄监察御史、观察判官，栉垢爬痒，民获苏醒。居岁余，如有所不乐，一旦载妻子入阌乡南山④，不顾。中书舍人王涯、独孤郁，吏部郎中张惟素，比部郎中韩愈，日发书问讯；顾不可强起，不即荐。明年九月，疾病，舆医京师；其月某日卒⑤，年四十四。十一月某日，即葬京城西南长安县界中。

曾祖爽，洪州武宁令⑥。祖微，右卫骑曹参军。

---

① 李将军，李惟简，时为金吾卫大将军。
② 踖，小步；一作"踏"。
③ 元和六年五月，以惟简为凤翔陇州节度使。凤翔，今陕西凤翔县。
④ 阌，wén；阌乡，本乡名，唐弘农胡县有阌乡，今河南灵宝市。
⑤ 按上文观之，当是元和九年。
⑥ 武宁，县名，今江西武宁县。

墓志

父嵩，苏州崑山丞①。妻，上谷侯氏处士高女②。高固奇士，自方阿衡太师③，世莫能用吾言；再试吏，再怒去，发狂投江水④。初，处士将嫁其女，憼曰："吾以龃龉穷⑤，一女怜之，必嫁官人，不以与凡子！"君曰："吾求妇氏久矣，唯此翁可人意；且闻其女贤，不可以失！"即谩谓媒妪⑥："吾明经及第，且选，即官人，侯翁女幸嫁，若能令翁许我，请进百金为妪谢！"诺许，白翁。翁曰："诚官人邪？取文书来！"君计穷吐实。妪曰："无苦！翁大人，不疑人欺我，得一卷书，粗若告身者⑦，我袖以往，翁见，未必取视，幸而听我。"行其谋。翁望见文书衔袖，果信不疑，曰："足矣！"以女与王氏。生三子，一男二女；男三岁夭死，长女嫁亳

---

① 崑山，县名，今江苏昆山市。
② 上谷，郡名，今河北易县。
③ 阿衡，商官名，伊尹为之，阿倚衡平也，汤倚伊尹而取平，故以为官名。太师，吕尚，尚为武王之师，故称师尚父，又称太师。
④ 高初隐于庐山，宰盱眙、信安、剡三县，皆有政绩，后得心疾。
⑤ 龃龉，齿不正而参差出入也，因谓与世不合者曰龃龉。
⑥ 妪，yù，老妇通称。
⑦ 唐制奏授判补之官，皆给以符，谓之告身，犹今之补官文凭也。

州永城尉姚挺①,其季始十岁。

铭曰:

鼎也不可以柱车。马也不可使守闾②。佩玉长裾,不利走趋。只系其逢,不系巧愚。不谐其须,有衔不祛③。钻石埋辞,以列幽墟。

柳子厚墓志铭④

子厚,讳宗元。七世祖庆,为拓跋魏侍中,封济阴公⑤。曾伯祖奭为唐宰相,与褚遂良、韩瑗俱得罪武后,死高宗朝⑥。皇考讳镇,以事母,弃太常博

---

① 永城,县名,今河南永城市。
② 《淮南子·齐俗训》:"柱不可以摘齿,筐不可以持屋,马不可以服重,牛不可以追速。"愈二语即取此意。
③ 言有所怀不得用也。
④ 柳子厚死,愈为文祭之,又作此。
⑤ 庆字更兴,河东解人,仕周为宜州刺史,封平齐县公,其封济阴公者,乃子厚六世祖旦,庆之子也,文疑误。拓跋,魏姓,鲜卑谓土为拓,谓后为跋,魏自称黄帝之苗裔,黄帝以土德王,故以拓跋为氏。济阴,郡名,治今山东省菏泽市定陶区。
⑥ 奭,字子邵,贞观中,为吏部尚书,永徽二年,以奭同中书门下三品,五年,贬象州刺史,许敬宗等构其与褚遂良朋党,遣使杀之。褚遂良,字登善,钱塘人,谏立武后,因贬黜,以忧卒。韩瑗,字伯玉,京兆三原人,以救遂良,贬死。武后,名曌,太宗时为才人,高宗立为后。高宗,太宗子,名治。

墓志

士，求为县令江南，其后以不能媚权贵，失御史①，权贵人死，乃复拜侍御史。号为刚直，所与游，皆当世名人。

子厚少精敏，无不通达。逮其父时，虽少年，已自成人。能取进士第，崭然见头角②，众谓柳氏有子矣。其后以博学宏词③，授集贤殿正字④。俊杰廉悍，议论证据今古，出入经史百子，踔厉风发⑤，率常屈其座人，名声大振，一时皆慕与之交；诸公要人，争欲令出我门下，交口荐誉之。

贞元十九年，由蓝田尉拜监察御史⑥。顺宗即位⑦，拜礼部员外郎。遇用事者得罪⑧，例出为刺史；

---

① 肃宗平贼，镇上书言事，擢左卫率府兵曹参军，佐郭子仪朔方府，三迁殿中侍御史，以事触窦参，被贬，宗元作《先友记》，谓镇所厚者六十六人，且曰："先君之所与友，凡天下之善士举集焉。"
② 崭，zhǎn；崭然，高峻貌。见头角，峥嵘之象。
③ 博学宏词，取士科名，唐始有之，不常开，所以考拔淹通能文之士。
④ 集贤殿正字，官名，盖称校雠之役；一作授校书郎。
⑤ 踔，chuō；踔厉风发，谓议论层出不穷也。
⑥ 蓝田，县名，今陕西蓝田县。尉，官名，县令之副也。唐时各道设监察御史，主察官吏。
⑦ 顺宗，德宗子，名诵。
⑧ 用事者，指王叔文，宗元初与叔文善，叔文用事，引宗元将大用，及叔文败，坐贬。

未至,又例贬州司马①。居闲,益自刻苦,务记览,为词章,泛滥停蓄,为深博无涯涘,而自肆于山水间。元和中②,尝例召至京师,又偕出为刺史,而子厚得柳州③。既至,叹曰:"是岂不足为政邪!"因其土俗,为设教禁,州人顺赖。其俗以男女质钱,约不时赎,子本相侔,则没为奴婢。子厚与设方计,悉令赎归;其尤贫力不能者,令书其佣,足相当,则使归其质。观察使下其法于他州,比一岁,免而归者且千人。衡、湘以南,为进士者,皆以子厚为师,其经承子厚口讲指画为文词者,悉有法度可观。

其召至京师而复为刺史也④,中山刘梦得禹锡亦在遣中⑤,当诣播州⑥,子厚泣曰:"播州非人所居,而梦得亲在堂,吾不忍梦得之穷,无辞以白其大

---

① 州司马上当有永字。宪宗即位,贬宗元邵州刺史,又道贬永州司马。永州,今湖南省永州市零陵区。
② 元和九年冬。
③ 元和十年三月,以宗元为柳州刺史。
④ 叔文党坐贬者,十年不量移,至是执政有怜其才者,欲渐进之,悉召至京师,谏官言不可,帝与武元衡亦恶之,乃悉以为远州刺史。
⑤ 中山,今河北定州。
⑥ 刘梦得,名禹锡,与宗元友善,亦以附王叔文被贬,至是得播州。播州,今贵州遵义市。

墓志

人；且万无母子俱往理！"请于朝，将拜疏，愿以柳易播，虽重得罪，死不恨；遇有以梦得事白上者，梦得于是改刺连州①。呜乎！士穷乃见节义。今夫平居里巷相慕悦，酒食游戏相征逐，诩诩强笑语②，以相取下，握手出肺肝相示，指天日涕泣，誓生死不相背负，真若可信，一旦临小利害，仅如毛发比，反眼若不相识，落陷阱，不一引手救，反挤之，又下石焉者，皆是也；此宜禽兽夷狄所不忍为，而其人自视以为得计，闻子厚之风，亦可以少愧矣！

子厚前时少年，勇于为人③，不自贵重顾藉④，谓功业可立就，故坐废退；既退，又无相知有气力得位者推挽，故卒死于穷裔，材不为世用，道不行于时也。使子厚在台省时⑤，自持其身已能如司马刺史时，亦自不斥；斥时，有人力能举之，且必复用不

---

① 时御史中丞裴度上奏，因改禹锡连州。连州，今广东连州市。
② 诩诩，和集貌。
③ 为，wèi，助也。二句盖贬之，然不欲直斥其非，故云勇于为人。
④ 顾藉，犹顾惜。
⑤ 唐时尚书省为中台，门下省称东台，中书省称西台，皆在禁省，总称曰台省。

穷。然子厚斥不久，穷不极，虽有出于人，其文学辞章，必不能自力，以致必传于后如今，无疑也；虽使子厚得所愿，为将相于一时①，以彼易此，孰得孰失，必有能辨之者。

子厚以元和十四年十一月八日卒，年四十七。以十五年七月十日，归葬万年先人墓侧②。子厚有子男二人，长曰周六，始四岁，季曰周七，子厚卒，乃生。女子二人，皆幼。其得归葬也，费皆出观察使河东裴君行立③，行立有节概，重然诺，与子厚结交，子厚亦为之尽，竟赖其力。葬子厚于万年之墓者，舅弟卢遵。遵，涿人④，性谨慎，学问不厌；自子厚之斥，遵从而家焉，逮其死，不去；既往葬子厚，又将经纪其家，庶几有始终者。

铭曰：

是惟子厚之室，既固既安，以利其嗣人。

---

① 此设言因王叔文而得为将相也。
② 万年，县名，今陕西省西安市长安区。
③ 裴行立，绛州稷山人，元和十二年，为桂管观察使。
④ 涿，县名，今河北涿州。

墓志

唐故朝散大夫尚书库部郎中郑君墓志铭①

君讳群,字弘之,世为荥阳人②。其祖于元魏时③,有假封襄城公者④,子孙因称以自别。曾祖匡时,晋州霍邑令⑤。祖千寻,彭州九陇丞⑥。父迪,鄂州唐年令⑦;娶河南独孤氏女,生二子,君其季也。以进士选吏部,考功所试判,为上等,授正字,自鄂县尉拜监察御史⑧,佐鄂岳使⑨。裴均之为江陵⑩,以殿中侍御史佐其军。均之征也⑪,迁虞部员外郎⑫。均

---

① 魏尚书有库部,唐置库部郎中员外郎,为兵部之属司。愈在江陵,与郑群同官,至是铭之。
② 荥阳,县名,今河南荥阳市。
③ 魏本姓拓跋,孝文帝改姓元,故云元魏。
④ 群先祖有名伟者,字子直,西魏大统中,封襄城郡公。襄城,县名,今河南襄城县。
⑤ 霍邑,县名,今山西霍州,唐属河东道晋州。
⑥ 九陇,县名,今四川彭州,唐剑南道彭州治此。
⑦ 唐年,县名,今湖北崇阳县,唐属江南道鄂州。
⑧ 鄂县,唐属京兆,今陕西省西安市鄠邑区。
⑨ 鄂岳,即鄂州、岳州。鄂州今湖北省武汉市武昌区,岳州今湖南岳阳。
⑩ 裴均,字君齐,河东闻喜人,贞元十九年五月,自荆南行军司马为本军节度使。江陵,今湖北江陵县。
⑪ 元和三年四月,召均为尚书左仆射。
⑫ 虞部,官名,魏尚书有虞曹郎,北朝置虞部尚书,唐改为虞部郎中员外郎,属工部,掌山泽苑囿。

镇襄阳①，复以君为襄府左司马、刑部员外郎，副其支度使事。均卒，李夷简代之②，因以故职留君。岁余，拜复州刺史③，迁祠部郎中④。会衢州无刺史⑤，方选人，君愿行，宰相即以君应诏。治衢五年，复入为库部郎中，行及扬州，遇疾；居月余，以长庆元年八月二十四日卒，春秋六十⑥。即以其年十一月二十二日，从葬于郑州广武原先人之墓次⑦。

君天性和乐，居家事人，与待交游，初持一心，未尝变节，有所缓急曲直薄厚疏数也⑧。不为翕翕热⑨，亦不为崖岸斩绝之行。俸禄入门，与其所过逢吹笙弹筝，饮酒舞歌，诙调醉呼，连日夜不厌，

---

① 元和三年九月，加均同平章事，为山南东道节度使。襄阳，今湖北省襄阳市襄州区，唐为襄州，山南东道节度使治所。
② 李夷简，字易之，元和六年四月，代均镇襄阳，五月，均卒。
③ 复州，今湖北仙桃市。
④ 祠部，官名，魏尚书有祠部，掌礼制，北朝改为礼部，隋唐别置祠部曹，属于礼部。
⑤ 衢州，今浙江衢州。
⑥ 春秋，年龄。
⑦ 郑州，今河南郑州。
⑧ 数，shuò，屡次，疏之对。
⑨ 谓权门炙手可热之势而群不为也。《尔雅·释训》："翕翕訿訿，莫供职也。"言贤者陵替，背公恤私旷职事。

墓志

费尽不复顾问；或分挈以去，一无所爱惜，不为后日毫发计留也。遇其空无时，客至，清坐相看，或竟日不能设食，客主各自引退，亦不为辞谢。与之游者，自少及老，未尝见其言色有若忧叹者，岂列御寇、庄周等所谓近于道者邪①？其治官守身，又极谨慎，不挂于过差；去官而人民思之，身死而亲故无所怨议，哭之皆哀，又可尚也！

初娶吏部侍郎京兆韦肇女②，生二女一男；长女嫁京兆韦词，次嫁兰陵萧儧③。后娶河南少尹赵郡李则女④，生一女二男。其余男二人，女四人，皆幼。嗣子退思，韦氏生也。

铭曰：

再鸣以文进涂辟⑤。佐三府治藹厥迹⑥。郎官郡守愈著白。洞然浑朴绝瑕谪。甲子一终反玄宅⑦。

---

① 列御寇，战国郑人，与庄周同时，著有《列子》，多寓言。庄周，战国蒙人，尝为漆园吏，著有《庄子》，皆寓言。
② 京兆，今陕西省西安市长安区。韦肇，京兆人，官至吏部侍郎。
③ 兰陵，县名，今山东省枣庄市峄城区。
④ 赵郡，今河北赵县。
⑤ 再鸣，谓进士及书判拔萃。
⑥ 三府，指鄂岳、江陵、襄府。
⑦ 玄宅，清净无为之地。

韩愈文

殿中少监马君墓志①

君讳继祖,司徒赠太师北平庄武王之孙②,少府监赠太子少傅讳畅之子③。生四岁,以门功拜太子舍人。积三十四年,五转而至殿中少监。年三十七以卒。有男八人,女二人。

始余初冠,应进士贡在京师,穷不自存,以故人稚弟拜北平王于马前④,王问而怜之,因得见于安邑里第⑤。王轸其寒饥⑥,赐食与衣,召二子使为之主;其季遇我特厚,少府监赠太子少傅者也。姆抱幼子立侧⑦,眉眼如画,发漆黑,肌肉玉雪可念⑧,殿中君也。当是时,见王于北亭,犹高山深林

---

① 一本"志"后有"铭"字,然古者书旌柩前,即谓之铭,不必有韵之文,始可称铭也。
② 北平王,名燧,字洵美,德宗时大将,与李晟、浑瑊齐名。
③ 畅,燧次子,娶卢氏,生子二,长敖,次即继祖。
④ 贞元三年,平凉之盟,马燧预议,韩弇为判官死焉。弇,愈之兄也。
⑤ 唐皇城第二街次南安邑坊奉诚园,即马燧宅。
⑥ 轸,悼闵。
⑦ 姆,妇人年五十无子,出而不复嫁,能以妇道教人者。
⑧ 玉雪,洁白之意。数语美少监之幼时,只以四句了之,通体所重,不在此人也。

墓志

巨谷，龙虎变化不测，杰魁人也①。退见少傅，翠竹碧梧，鸾鹄停峙②，能守其业者也。幼子娟好静秀，瑶环瑜珥，兰茁其牙③，称其家儿也。后四五年，吾成进士④，去而东游，哭北平王于客舍⑤，后十五六年，吾为尚书都官郎，分司东都，而分府少傅卒，哭之⑥。又十余年至今，哭少监焉⑦。呜呼！吾未耄老，自始至今，未四十年，而哭其祖子孙三世，于人世何如也⑧！人欲久不死而观居此世者，何也？

故幽州节度判官赠给事中清河张君墓志铭⑨

张君，名彻，字某。以进士累官至范阳府监

---

① 燧身长六尺二寸，故以是称之。
② 谓犹鸾鹤停峙于碧梧之上。
③ 茁，草初生貌。
④ 贞元八年。
⑤ 贞元十一年五月，愈东归河阳，八月，燧卒。
⑥ 分府，分司官之称。元和五年，畅卒。
⑦ 长庆初，继祖卒。
⑧ 一说此六字疑衍。
⑨ 张彻为范阳府监察御史，其帅张弘靖也，志不出弘靖姓名，愈鄙张之请，故没之，铭辞喑噎以为生，盖即谓之乎。

察御史①。长庆元年,今牛宰相为御史中丞②,奏君名迹中御史选,诏即以为御史;其府惜,不敢留,遣之,而密奏:幽州将父子继续,不廷选且久,今新收,臣又始至③,孤怯,须强佐乃济;发半道,有诏以君还之,仍迁殿中侍御史,加赐朱衣银鱼④。至数日,军乱,怨其府从事,尽杀之,而囚其帅⑤;且相约:张御史长者,毋侮辱轹蹙我事,无庸杀,置之帅所⑥。居月余,闻有中贵人自京师至,君谓其帅:"公无负此土人,上使至,可因请见自辨,幸得脱免归。"即推门求出。守者以告其魁,魁与其徒皆骇曰:"必张御史,张御史忠义,必为其帅告此,余人不如迁之别馆⑦。"即与众出君。君出门骂

---

① 彻,元和四年进士。范阳府,治幽州,故治在今北京市大兴区西南,帅即弘靖。
② 牛宰相,名僧孺。
③ 长庆元年三月,以幽州节度使刘总为太平军节度使,张弘靖代总。
④ 银鱼,唐时五品以上官章服,银饰之鱼也。
⑤ 长庆元年七月,幽州军乱,囚张弘靖于蓟门馆,杀判官韦雍、张宗元、崔仲卿等。
⑥ 乱军以彻长者,不杀,置之于蓟门馆。
⑦ 余人非畔者党也,恐其以言动之。

墓志

众曰："汝何敢反！前日吴元济斩东市[1]，昨日李师道斩于军中[2]，同恶者父母妻子皆屠死，肉喂狗鼠鸱鸦[3]，汝何敢反！汝何敢反！"行且骂。众畏恶其言，不忍闻，且虞生变，即击君以死。君抵死，口不绝骂，众皆曰："义士！义士！"或收瘗之以俟。事闻，天子壮之，赠给事中。其友侯云长佐郓使，请于其帅马仆射[4]，为之选于军中，得故与君相知张恭、李元实者，使以币请之范阳，范阳人义而归之。以闻，诏所在给船轝传归其家[5]，赐钱物以葬。长庆四年四月某日，其妻子以君之丧葬于某州某所。

君弟复亦进士[6]，佐汴宋，得疾，变易丧心，惊惑不常；君得间，即自视衣褥薄厚，节时其饮食，而匕箸进养之，禁其家，无敢高语出声，医饵之药，

---

[1] 元和十二年十一月，吴元济斩于独柳树。
[2] 元和十四年二月，李师道为其兵马使刘悟所杀。
[3] 鸱，鸢。
[4] 马仆射，即马总，扶风人，郓曹濮节度使，长庆二年，迁右仆射。
[5] 轝，同"舆"。
[6] 复，元和元年进士。

其物多空青雄黄诸奇怪物①，剂钱至十数万，营治勤剧，皆自君手，不假之人。家贫，妻子常有饥色。

祖某②，某官。父某③，某官。妻韩氏，礼部郎中某之孙④，汴州、开封尉某之女⑤，于余为叔父孙女，君常从余学，选于诸生而嫁与之；孝顺祗修，群女效其所为。男若干人，曰某，女子曰某。

铭曰：

呜呼彻也！世慕顾以行⑥，子揭揭也⑦。噎喑以为生⑧，子独割也⑨。为彼不清，作玉雪也。仁义以为兵，用不缺折也。知死不失名，得猛厉也。自申于闇明，莫之夺也。我铭以贞之，不肖者之呾也⑩。

---

① 空青，产铜矿中，大块中空有水者良，治眼疾，一名杨梅青。雄黄，亦矿物，其明彻如鸡冠者佳，谓之雄精。
② 祖某，一作"祖践"。
③ 父某，一作"父休"。
④ 云卿之孙。
⑤ 俞之女。
⑥ 慕顾，瞻慕顾虑。
⑦ 揭揭，独行貌。
⑧ 噎喑，禁不敢言。
⑨ 割，通"害"。言独受其害也。
⑩ 呾，dá，相呵也。言口矢所集也。此铭盖法《兔罝》《鱼丽》等诗，上下隔句用韵。

杂文

毛颖传①

毛颖者,中山人也②。其先明眎③,佐禹治东方土④,养万物有功,因封于卯地⑤,死为十二神⑥。尝曰:"吾子孙神明之后,不可与物同,当吐而生。⑦"已而

---

① 毛颖,笔也。愈作此传,当时颇有非之者,然其流实出于庄周寓言;或谓愈此文不下迁《史》。
② 中山,山名,非今河北定州之中山也,在南京市溧水区东,出兔毫,为笔最精。
③ 《礼记·曲礼下》:"兔曰明视。"眎,与"视"同。
④ 堪舆家二十四方位,东方甲卯。
⑤ 星命家十二神,卯属兔。
⑥ 地支十二,卯居第四。
⑦ 《参同契》:"兔者吐生光。"《博物志》:兔望月而孕,自吐其子,故谓之兔,兔,吐也。

果然。明际八世孙獳①,世传当殷时,居中山,得神仙之术,能匿光使物,窃姮娥,骑蟾蜍入月②,其后代遂隐不仕云。居东郭者曰䝟③,狡而善走,与韩卢争能,卢不及,卢怒,与宋鹊谋而杀之,醢其家④。

秦始皇时,蒙将军恬南伐楚⑤,次中山,将大猎以惧楚,召左右庶长与军尉,以《连山》筮之⑥,得天与人文之兆,筮者贺曰:"今日之获,不角不牙,衣褐之徒,缺口而长须,八窍而趺居,独取其毫,简牍是资,天下其同书,秦其遂兼诸侯乎⑦!"遂

---

① 獳,nóu,兔子媷。俗呼曰獳,獳与媷同。
② 月者,阴精之宗,积而成兽,见《后汉书·天文志》注。《淮南子·览冥训》:"羿请不死之药于西王母,姮娥窃以奔月。"姮娥,羿妻。蟾蜍,月中虾蟇。
③ 䝟,jùn,狡兔。
④ 《战国策·齐策三》:"韩子卢者,天下之疾犬也,东郭逡者,海内之狡兔也,韩子卢逐东郭逡,环山者三,腾山者五,兔极于前,犬废于后,犬兔俱罢,各死其处。"宋鹊,宋之良犬。醢,葅割也。
⑤ 蒙将军恬,秦始皇时人,始作笔。《古今注》:"以柘木为管,以鹿毛为柱,羊毛为皮。"所谓苍毫也。
⑥ 左右庶长,秦爵,商鞅所制,十曰左庶长,十一曰右庶长。军尉,军中尉史。《易》有三:《连山》为夏《易》,以艮为首;《归藏》商《易》,以坤为首;《周易》以乾为首。
⑦ 筮词皆用古韵,《诗·小雅·祈父》:"祈父,予王之爪牙。胡转予于恤,靡所止居。"古"牙""居"通,"毫"与"资""书"亦然,今北人语犹谓"毛"为"谟"。

杂文

猎，围毛氏之族，拔其豪，载颖而归，献俘于章台宫①，聚其族而加束缚焉。秦皇帝使恬赐之汤沐，而封诸管城，号曰管城子②，日见亲宠任事。颖为人，强记而便敏，自结绳之代③，以及秦事，无不纂录。阴阳、卜筮、占相、医方、族氏、山经、地志、字书、图画、九流、百家、天人之书，及至浮图、老子、外国之说，皆所详悉。又通于当代之务，官府簿书，市井货钱注记，惟上所使。自秦皇帝及太子扶苏、胡亥④，丞相斯⑤，中车府令高⑥，下及国人，无不爱重。又善随人意，正直、邪曲、巧拙，一随其人；虽见废弃，终默不泄。惟不喜武士，然见请，亦时往。累拜中书令，与上益狎，上尝呼为中书君。上亲决事，以衡石自程⑦，虽宫人不得立左右，独颖

---

① 章台宫，秦宫名。
② 管城，周初管叔所封，春秋郑地，隋置管城县，今河南郑州地；笔以管冒之，故借用焉。
③ 上古未有文字，结绳以记事，故曰结绳之代。
④ 扶苏，始皇长子，胡亥，始皇幼子。始皇崩，赵高矫诏杀扶苏，立胡亥，号二世皇帝。
⑤ 丞相，秦官名。斯，即李斯。
⑥ 中车府令，秦官，主乘舆路车者。高，即赵高。
⑦ 《史记·秦始皇本纪》："天下之事，无大小皆决于上，上至以衡石量书，日夜有呈。"衡石，权其轻重也。

与执烛者常侍，上休，方罢。颖与绛人陈玄①、弘农陶泓及会稽褚先生友善②，相推致，其出处必偕；上召颖，三人者不待诏，辄俱往，上未尝怪焉。

后因进见，上将有任使，拂拭之，因免冠谢，上见其发秃，又所摹画不能称上意，上嘻笑曰："中书君老而秃，不任吾用，吾尝谓君中书，君今不中书邪？"对曰："臣所谓尽心者。"因不复召，归封邑，终于管城。其子孙甚多，散处中国夷狄，皆冒管城，惟居中山者能继父祖业。

太史公曰：毛氏有两族：其一姬姓，文王之子封于毛，所谓鲁、卫、毛、聃者也③，战国时有毛公、毛遂④；独中山之族，不知其本所出，子孙最为蕃昌。《春秋》之成，见绝于孔子⑤，而非其罪。及蒙将军拔中山之豪，始皇封诸管城，世遂有名。而

---

① 陈玄，墨。绛，郡，今山西新绛县，岁贡墨千四百七十梃。
② 陶泓，砚。弘农，郡，今河南灵宝市，岁贡砚瓦十具。褚先生，纸。王羲之为会稽，谢公乞纸，库中惟有九万板，悉与之。
③ 鲁、卫、毛、聃，皆周同姓，见《左传·僖公二十四年》。
④ 毛公，战国赵隐士，见《史记·信陵君传》。毛遂，赵人，见《史记·平原君传》。
⑤ 孔子作《春秋》，绝笔于鲁哀公获麟之岁。

姬姓之毛无闻。颖始以俘见，卒见任使，秦之灭诸侯，颖与有功，赏不酬劳，以老见疏，秦真少恩哉！

送穷文

元和六年正月乙丑晦，主人使奴星结柳作车，缚草为船，载糗与粻①，牛系轭下②，引帆上樯，三揖穷鬼而告之曰："闻子行有日矣，鄙人不敢问所涂，窃具船与车，备载糗粻，日吉时良，利行四方，子饭一盂，子啜一觞，携朋挈俦，去故就新，驾尘彍风③，与电争先，子无底滞之尤，我有资送之恩，子等有意于行乎？"屏息潜听，如闻音声，若啸若啼，砉欻嚘嘤④，毛发尽竖，竦肩缩颈，疑有而无，久乃可明。若有言者曰："吾与子居，四十年余，子在孩提，吾不子愚，子学子耕，求官与名，惟子是从，

---

① 糗，麦。粻，zhāng，粮。
② 轭，è，在车衡两端扼马颈者。
③ 彍，guō，张也，迅疾也。
④ 形容其声之厉。砉，xū，皮骨相离声。欻，xū，吸疾貌。嚘，yōu，叹声。嘤，鸟鸣。

不变于初。门神户灵，我叱我呵，包羞诡随，志不在他。子迁南荒①，热烁湿蒸，我非其乡，百鬼欺陵。太学四年，朝齑暮盐，惟我保汝，人皆汝嫌。自初及终，未始背汝，心无异谋，口绝行语②，于何听闻，云我当去？是必夫子信谗，有间于予也。我鬼非人，安用车船，鼻臭香，糗粮可捐。单独一身，谁为朋俦，子苟备知，可数已不③。子能尽言，可谓圣智，情状既露，敢不回避。"

主人应之曰："子以吾为真不知也邪？子之朋俦，非六非四，在十去五，满七除二，各有主张，私立名字，掾手覆羹，转喉触讳，凡所以使吾面目可憎，语言无味者，皆子之志也。其名曰智穷，矫矫亢亢④，恶圆喜方，羞为奸欺，不忍害伤。其次名曰学穷，傲数与名，摘抉杳微，高揭群言，执神之机。又其次曰文穷，不专一能，怪怪奇奇，不可时

---

① 谓谪阳山令时。
② 言我初无欲行之语也。
③ 已，与"以"同，"以"又与"与"同。不，同"否"。
④ 矫矫亢亢，刚直貌。

施①,只以自嬉。又其次曰命穷,影与形殊,面丑心妍,利居众后,责在人先。又其次曰交穷,磨肌戛骨,吐出心肝,企足以待,寘我仇冤。凡此五鬼,为吾五患,饥我寒我,兴讹造讪,能使我迷,人莫能间,朝悔其行,暮已复然,蝇营狗苟,驱去复还。"

言未毕,五鬼相与张眼吐舌,跳踉偃仆②,抵掌顿脚,失笑相顾,徐谓主人曰:"子知我名,凡我所为,驱我令去,小黠大痴。人生一世,其久几何,吾立子名,百世不磨。小人君子,其心不同,惟乖于时,乃与天通。携持琬琰③,易一羊皮,饫于肥甘,慕彼糠糜。天下知子,谁过于予,虽遭斥逐,不忍子疏,谓予不信,请质诗书!"

主人于是垂头丧气,上手称谢④,烧车与船,延之上座。

---

① 谓不可施于时。
② 踉,liáng;跳踉,足乱动貌。
③ 琬琰,美玉名。
④ 上手,举手。

韩愈文

鳄鱼文[1]

维年月日[2],潮州刺史韩愈,使军事衙推秦济[3],以羊一猪一,投恶溪之潭水[4],以与鳄鱼食而告之曰:昔先王既有天下,列山泽[5],罔绳擉刃[6],以除虫蛇恶物,为民害者,驱而出之四海之外。及后王德薄,不能远有,则江汉之间,尚皆弃之,以与蛮夷楚越,况潮,岭海之间,去京师万里哉!鳄鱼之涵淹卵育于此[7],亦固其所。

今天子嗣唐位[8],神圣慈武,四海之外,六合之内[9],皆抚而有之,况禹迹所揜,扬州之近地[10],

---

[1] 愈贬潮州刺史,初至,问民疾苦,皆曰:"恶溪有鳄鱼,食民产且尽。"数日,愈为此文祭之。鳄鱼,爬虫中之最猛恶者,常潜伏水边,攫取动物。
[2] 一作"维元和十四年四月二十四日"。
[3] 军事衙推,军府属官。
[4] 恶溪,在潮城西。
[5] 列,遮。
[6] 罔,同"网"。擉,chuò,刺、戳。
[7] 涵淹,潜伏。卵育,生息。
[8] 今天子,宪宗。
[9] 天地四方谓之六合。
[10] 潮州在古为扬州之域。

刺史县令之所治，出贡赋以供天地宗庙百神之祀之壤者哉！鳄鱼其不可与刺史杂处此土也。刺史受天子命，守此土，治此民，而鳄鱼睅然不安溪潭据处①，食民畜熊豕鹿獐，以肥其身，以种其子孙，与刺史亢拒，争为长雄。刺史虽驽弱，亦安肯为鳄鱼低首下心②，伈伈睍睍③，为民吏羞，以偷活于此邪！

且承天子命以来为吏，固其势不得不与鳄鱼辨，鳄鱼有知，其听刺史言！潮之州，大海在其南，鲸鹏之大④，虾蟹之细，无不容归，以生以食，鳄鱼朝发而夕至也。今与鳄鱼约，尽三日，其率丑类南徙于海⑤，以避天子之命吏；三日不能，至五日；五日不能，至七日；七日不能，是终不肯徙也，是不有刺史听从其言也；不然，则是鳄鱼冥顽不灵，

---

① 睅，hàn；睅然，目出貌。一以"溪潭"断句；一说，此处恐有脱误，当云"睅然不去，据溪潭，食民畜"云云；一说，据处，据其地而处之也。
② 心，或作"身"，或作"中"，中即身也。
③ 伈，xǐn，上声；伈伈，恐惧貌。睍，xiàn；睍睍；小目貌。
④ 鲸，海兽名，外形如鱼，种类甚多，大者长六七丈。
⑤ 丑类，即恶类。

刺史虽有言，不闻不知也。夫傲天子之命吏，不听其言，不徙以避之，与冥顽不灵而为民物害者，皆可杀，刺史则选材技吏民，操强弓毒矢，以与鳄鱼从事，必尽杀，乃止，其无悔！

表状

论佛骨表[①]

臣某言:伏以佛者,夷狄之一法耳[②],自后汉时流入中国[③],上古未尝有也。昔者黄帝在位百年[④],年百一十岁;少昊在位八十年[⑤],年百岁;颛顼在位

[①] 先是凤翔法门寺有护国真身塔,塔内有佛指骨一节,其法三十年一开,开则岁稔人泰,至是宪宗遣使迎入大内,留宫中三日,瞻奉舍施,惟恐不及,愈上表极谏,贬潮州刺史,时元和十四年也。
[②] 佛号释迦牟尼,中印度迦比罗城主之子也,生于周灵王十五年,与孔、老同时,见世人生老病死,入山求解脱之法,新创一宗教,与婆罗门反对,而倡平等之旨。
[③] 后汉明帝遣蔡愔、秦景、王遵等十三人至天竺国迎取佛书,与沙门摄摩腾、竺法兰以白马负经至洛,佛教始入中国。天竺,即印度。
[④] 黄帝,姓公孙,生于轩辕之丘,故曰轩辕氏,国于有熊,亦曰有熊氏。
[⑤] 少昊,黄帝子,名挚,姓己,以金德王,亦曰金天氏。

韩愈文

七十九年①,年九十八岁;帝喾在位七十年②,年百五岁;帝尧在位九十八年③,年百一十八岁;帝舜及禹④,年皆百岁;此时天下太平,百姓安乐寿考,然而中国未有佛也。其后殷汤亦年百岁⑤;汤孙太戊⑥,在位七十五年,武丁在位五十九年⑦,书史不言其年寿所极,推其年数,盖亦俱不减百岁;周文王年九十七岁⑧;武王年九十三岁⑨;穆王在位百年⑩;此时佛法亦未入中国,非因事佛而致然也。汉明帝时,始有佛法⑪,明帝在位,才十八年耳,其后乱亡

---

① 颛顼,黄帝孙,年二十即帝位,初国于高阳,故号高阳氏。
② 帝喾,少昊孙,姬姓,名夋,代高阳氏为帝,初封于辛,故曰高辛氏。
③ 帝尧,姬姓,高辛氏次子,曰放勋,初封于陶,后封于唐,故号陶唐氏。
④ 帝舜,姚姓,曰重华,受尧禅即帝位,其先世国于虞,故号有虞氏。禹,姒姓,颛顼孙,治水有功,受舜禅即帝位,国号夏。
⑤ 殷汤,子姓,名履,灭夏桀为天子,国号商。
⑥ 太戊,汤孙,大修成汤之政,重译而至者七十六国。
⑦ 武丁,盘庚弟小乙之子,以傅说为相,成中兴之业。
⑧ 周文王姬姓,名昌,后稷十五世孙,三分天下有其二,以服事殷,后世称为至德。
⑨ 武王,文王子,名发,灭商有天下,国号周。
⑩ 穆王,名满,即位时年已五十余,在位五十五年而崩,此言在位百年,失考。
⑪ 明帝,后汉光武子,名庄。其信佛事详前。

表状

相继，运祚不长；宋、齐、梁、陈、元魏已下，事佛渐谨，年代尤促，惟梁武帝在位四十八年，前后三度舍身施佛①，宗庙之祭，不用牲牢②，昼日一食，止于菜果，其后竟为侯景所逼，饿死台城③，国亦寻灭；事佛求福，乃更得祸，由此观之，佛不足事，亦可知矣。

高祖始受隋禅，则议除之④，当时群臣材识不远，不能深知先王之道，古今之宜，推阐圣明，以救斯弊，其事遂止⑤，臣常恨焉！伏惟睿圣文武皇帝陛下，神圣英武，数千百年已来，未有伦比，即位之初，即不许度人为僧尼道士，又不许创立寺观，臣常以为高祖之志，必行于陛下之手；今纵未

---

① 梁武帝，姓萧，名衍，篡齐称帝，嗜佛，大通元年三月辛未，中大通元年九月癸巳，太清元年二月庚子，三幸同泰寺舍身。
② 武帝诏宗庙祭祀，以面为牺牲。
③ 侯景，字万景，有力，善骑射，本东魏臣，降于梁武帝封为河南王，太清三年，反，攻陷台城，武帝为所制，饮膳多为所裁节，口苦求蜜，再呼荷荷（怨恨声）而殂。台城，在今南京市北玄武湖侧，本吴后苑宫，晋修之，亦称宫城，宋、齐、梁、陈皆因以为宫。
④ 唐高祖，姓李，名渊，仕隋袭爵为唐公，以太原留守起兵，进封唐王，受隋禅，即帝位。武德九年四月，诏沙汰天下僧尼道士女冠。
⑤ 谓沙汰之事遂止不行也，时傅奕上疏请除佛法，萧瑀阻之。

韩愈文

能即行,岂可恣之转令盛也!今闻陛下令群僧迎佛骨于凤翔①,御楼以观,舁入大内②;又令诸寺递迎供养;臣虽至愚,必知陛下不惑于佛,作此崇奉以祈福祥也,直以年丰人乐,徇人之心③,为京都士庶设诡异之观,戏玩之具耳,安有圣明若此,而肯信此等事哉!然百姓愚冥,易惑难晓,苟见陛下如此,将谓真心事佛,皆云天子大圣,犹一心敬信,百姓何人,岂合更惜身命,焚顶烧指④,百十为群,解衣散钱,自朝至暮,转相仿效,惟恐后时,老少奔波,弃其业次;若不即加禁遏,更历诸寺,必有断臂脔身以为供养者,伤风败俗,传笑四方,非细事也!

夫佛本夷狄之人,与中国言语不通,衣服殊制,口不言先生之法言⑤,身不服先王之法服⑥,不知君臣之义,父子之情;假如其身至今尚在,奉其国命,

---

① 凤翔,县名,今陕西凤翔县。
② 舁,yú,共举也,今解作扛抬。
③ 谓徇众人之心也,不能直斥宪宗,故云。
④ 时有焚香于头顶及烧手指以为供养者。
⑤ 法言,谓礼法之言。
⑥ 法服,谓法制所定之服。

来朝京师，陛下容而接之，不过宣政一见①，礼宾一设②，赐衣一袭，卫而出之于境，不令惑众也，况其身死已久，枯朽之骨，凶秽之余，岂宜令入宫禁！孔子曰："敬鬼神而远之。③"古之诸侯，行吊于其国，尚令巫祝先以桃茢祓除不祥④，然后进吊，今无故取朽秽之物，亲临观之，巫祝不先，桃茢不用，群臣不言其非，御史不举其失，臣实耻之！乞以此骨付之有司，投诸水火，永绝根本，断天下之疑，绝后代之惑，使天下之人，知大圣人之所作为，出于寻常万万也，岂不盛哉！岂不快哉！佛如有灵，能作祸祟⑤，凡有殃咎，宜加臣身，上天鉴临，臣不怨悔，无任感激恳悃之至！谨奉表以闻，臣某诚惶诚恐！

---

① 宣政，殿名。
② 元和九年八月，置礼宾院，以待四夷之使。设，即设宴。
③ 语见《论语·雍也》。
④ 《礼记·檀弓下》："君临臣丧，以巫祝桃茢执戈，恶之也，所以异于生也。"桃，鬼所恶。茢，苇花也，可扫除不祥。
⑤ 祟，suì，鬼神祸人以求食也；一作"福"。

韩愈文

复仇状①

右伏奉今月五日敕："复仇，据《礼经》，则义不同天②，征法令，则杀人者死，礼法二事，皆王教之端，有此异同，必资论辩，宜令都省集议闻奏者③。"朝议郎行尚书职方员外郎上骑都尉韩愈议曰：伏以子复父仇，见于《春秋》④，见于《礼记》⑤，又见《周官》⑥，又见诸子史，不可胜数，未有非而罪之者也。最宜详于律，而律无其条，非阙文也，盖以为不许复仇，则伤孝子之心，而乖先王之训，许复仇，则人将倚法专杀，无以禁止其端矣。夫律虽本于圣人，然执而行之者，有司也，经之所明者，制有司

---

① 元和六年九月，富平人梁悦为父报仇，杀秦杲，自投县请罪，敕从减死，决杖一百，配流循州，愈献此议。按自太宗时至是复仇者凡七人，原之者三，不原者四，梁悦其一也。大抵杀人者死，国有常典，而贷死者出于一时之特敕，愈此议意是许人复仇，然不敢讼言，故欲令凡事发具其事，下尚书省集议，酌宜而行也。
② 《礼记·曲礼上》："父之仇，弗与共戴天。"
③ 都省，尚书都省。
④ 见后。
⑤ 《礼记·檀弓上》："子夏问于孔子曰：居父母之仇如之何？夫子曰：'寝苦枕干不仕，弗与共天下也，遇诸市朝，不反兵而斗。'"
⑥ 见后。

者也,丁宁其义于经,而深没其文于律者,其意将使法吏一断于法,而经术之士,得引经而议也。

《周官》曰:"凡杀人而义者,令勿仇,仇之则死①。"义,宜也。明杀人而不得其宜者,子得复仇也,此百姓之相仇者也。《公羊传》曰:"父不受诛,子复仇可也②。"不受诛者,罪不当诛也,诛者,上施于下之辞,非百姓之相杀者也。又《周官》曰:"凡报仇雠者,书于士,杀之无罪③。"言将复仇,必先言于官,则无罪也。今陛下垂意典章,思立定制,惜有司之守,怜孝子之心,示不自专,访议群下,臣愚以为复仇之名虽同,而其事各异:或百姓相仇,如《周官》所称,可议于今者;或为官所诛,如《公羊》所称,不可行于今者;又《周官》所称,将复仇,先告于士,则无罪者,若孤稚羸弱,抱微志而伺敌人之便,恐不能自言于官,未可以为断于今也:然则杀之与赦,不可一例,宜定其制曰:凡有

---

① 语见《周礼·调人》,注云:"义,宜也,谓父母、兄弟、师长尝辱焉而杀之者,如是为得其宜,虽所杀者人之父兄,不得仇也。"
② 语见《公羊传·定公四年》,即前所云见于《春秋》者。
③ 语见《周礼·朝士》,注云:"谓同国不相辟者,将报之,必先言之于士。"

复父仇者,事发,具其事申尚书省①,尚书省集议奏闻,酌其宜而处之,则经律无失其指矣。谨议!

与汝州卢郎中论荐侯喜状②

进士侯喜。

右其人为文甚古③,立志甚坚,行止取舍,有士君子之操,家贫亲老,无援于朝,在举场十余年,竟无知遇。愈常慕其才而恨其屈;与之还往,岁月已多,尝欲荐之于主司④,言之于上位,名卑官贱,其路无由,观其所为文,未尝不揜卷长叹!

去年,愈从调选⑤,本欲携持同行,适遇其人自有家事,迍邅坎轲⑥,又废一年。及春末自京还,怪其久绝消息。五月初至此⑦,自言为阁下所知,辞气

---

① 尚书省,官署名,唐时三省之一,省长曰尚书令,左右仆射次之,下统六部,分理国政。
② 卢郎中名虔,时为汝州刺史。侯喜,见前《祭侯主簿文》。
③ 喜之文章学西汉,故云甚古。
④ 主司,一作"有司"。
⑤ 谓贞元十六年,去徐来洛,官京师。
⑥ 迍邅,难行不进貌。坎轲,言不遇也。
⑦ 谓贞元十七年自京还洛,初与喜相会于洛也。

激扬,面有矜色①,曰:"侯喜死不恨矣!喜辞亲入关,羁旅道路,见王公数百,未尝有如卢公之知我也!比者分将委弃泥涂,老死草野,今胸中之气勃勃然,复有仕进之路矣!"愈感其言,贺之以酒,谓之曰:"卢公,天下之贤刺史也,未闻有所推引,盖难其人而重其事;今子郁为选首②,其言'死不恨',固宜也。古所谓知己者,正如此耳,身在贫贱,为天下所不知,独见遇于大贤,乃可贵耳,若自有名声,又托形势,此乃市道之事,又何足贵乎!子之遇知于卢公,真所谓知己者也!士之修身立节,而竟不遇知己,前古已来,不可胜数,或日接膝而不相知,或异世而相慕,以其遭逢之难,故曰:'士为知己者死③。'不其然乎!不其然乎!"

阁下既已知侯生,而愈复以侯生言于阁下者,非为侯生谋也,感知己之难遇,大阁下之德,而怜侯生之心,故因其行而献于左右焉。谨状!

---

① 矜色,意得貌。
② 郁为选首,盖州家牒送举进士之首也,汝州刺史领防御使,不隶大府,故亦得举士。
③ 语见《史记·豫让传》。

图书在版编目（CIP）数据

韩愈文 / 庄适，臧励龢选注；王诚校订. —北京：商务印书馆，2018

（学生国学丛书新编 / 王宁主编）

ISBN 978-7-100-15428-4

Ⅰ. ①韩… Ⅱ. ①庄… ②臧… ③王… Ⅲ. ①古典散文—散文集—中国—唐代 Ⅳ. ① I264.23

中国版本图书馆 CIP 数据核字（2017）第 250512 号

权利保留，侵权必究。

学生国学丛书新编

韩愈文

庄　适　臧励龢　选注

王　诚　校订

商　务　印　书　馆　出　版
（北京王府井大街36号　邮政编码100710）
商　务　印　书　馆　发　行
北京市十月印刷有限公司印刷
ISBN 978 - 7 - 100 - 15428 - 4

2018年1月第1版	开本 787×1092　1/32
2018年1月北京第1次印刷	印张 7 7/8

定价：28.00元